www.tredition.de

Urs Aebersold

*1944 in Oberburg/CH

1963 Matur in Biel/Bienne (CH)

1964 Schauspielschule in Paris, Kurzspielfilm "S"

Studium an der Universität Bern. Weitere Kurzspielfilme:

"Promenade en Hiver", "Umleitung", "Wir sterben vor"

1967-70 Studium an der HFF München

1974 Erster Kinospielfilm DIE FABRIKANTEN

Diverse Drehbücher, auch für "Tatort"

Ab 2016 erste Buchveröffentlichungen:

VERZAUBERT / NOVEMBERSCHNEE / DAS BLOCKHAUS - Drei Erzählungen

JULIA / AM ENDE EINES TAGES / DUNKEL IST DIE NACHT - Drei Erzählungen

NUITS BLANCHES - Roman

DER BAUCH MEINER SCHWESTER / EIN PER-FEKTES PAAR / DIESES JÄHE VERSTUMMEN - Drei Erzählungen

BLUT WIRD FLIESSEN - Psychothriller
TÖDLICHE ERINNERUNG - Psychothriller
DER LETZTE BUS - Psychothriller

DAZED & DAZZLED – Roman

ALBATROS – Roman

ALBATROS

Roman

Urs Aebersold

© 2020 Urs Aebersold

Coverfoto: Pixabay

Verlag und Druck: tredition GmbH

Halenreie 42

22359 Hamburg

ISBN

Paperback: 978-3-7497-6765-6

Hardcover: 978-3-7497-6766-3

e-Book: 978-3-7497-6767-0

Printed in Germany

ALBATROS

Der mächtige Kastanienbaum im Hinterhof stand in voller Blüte, seine Äste wogten in einem launischen, bisweilen orkanartigen Frühlingswind auf und ab, einige der Zweige mit ihren zarten Blütenkerzen wischten dabei sachte an einem geschlossenen Fenster im dritten Stock eines Wohnhauses entlang, als wollten sie hinein sehen und sich ein Bild machen von dem, was da drinnen geschah. Es war ein kleines, verwahrlostes Kinderzimmer, der Boden übersät von Spielzeug, mit einem Laufgitter in der Mitte des Raums, dessen Tür in den Angeln gebrochen war und schräg herunter hing, einem überdimensionalen Hampelmann an der Wand mit seitlich abgeknicktem Kopf, einem offenen Schrank voller Krempel und einer Kommode in der Ecke, deren Schubladen von Babywäsche überquoll, schräg gegenüber ein Kinderbett, in dem ein schreiender Säugling lag. Er schrie schon eine ganze Weile, rot im Gesicht, Arme und Beine verkrampft und eng am Körper, doch niemand kam, um nach ihm zu sehen. Das kleine Wesen wurde immer leiser, bis es ganz verstummte. Der Kopf ruckte unruhig hin und her, wieder und wieder stießen Arme und Beine jäh ins Leere, die Augen nahmen einen Ausdruck von Ohnmacht und Qual an, der sich allmählich verfestigte, als sei es nicht das erste Mal, daß seine gellenden Hilferufe ungehört verhallten, doch diesmal womöglich das eine Mal zuviel. Sanft wiegten sich die Blütenkerzen der Kastanie am Fenster hin und her, als wollten sie es trösten, doch mit seinem Verstummen war auch die Hoffnung erloschen, daß es jemals jemanden geben werde, der es vor der Welt beschützte.

1

Es war früh im Frühling, und draußen herrschte noch Zwielicht, als die *Jaeger-LeCoultre Memovox* an Leonard Lansings Handgelenk zu schnarren begann und mit sanfter Penetranz in seinen traumlosen Schlaf eindrang. Seine Hand tastete über das Nachtkästchen und schob den Alarmknopf des Weckers, den er zur Absicherung aktiviert hatte, auf Null, kurz bevor er um Punkt 5.30 mit seinem schrillen, mißtönenden Piepsen die morgendliche Stille zerreißen konnte. Erst jetzt öffnete Leonard die Augen und zwang sich, die Decke abzuwerfen, seine Beine über den Bettrand zu schwingen und sich entschlossen auf die Füße zu stellen, entgegen seinem spontanen Bedürfnis, noch eine Weile liegen zu bleiben und sich wohlig zu räkeln.

Nach seinem Gang auf die Toilette begab er sich in die Küche, erneuerte das Wasser des Kaffeeautomaten und schaltete ihn ein, schüttete von seiner Cerealien/Amaranth-Spezialmischung, angereichert mit Trockenfrüchten, in ein Gefäß, gab eine Handvoll Walnüsse dazu, übergoß das ganze mit fettarmer Milch, rührte um und ließ einen Eßlöffel Waldhonig hinein tropfen. In ein zweites Gefäß schnitt er eine Kaki, eine Kiwi und eine halbe Banane klein.

Vor dem bodenlangen Spiegel im Bad rasierte er sich sorgfältig und betrachtete dabei aufmerksam Gesicht und Körper. Mit seinem kurz geschnittenen, struppigen schwarzen Haar, das über dem linken Ohr einen nicht zu bändigenden Kringel bildete, seiner blassen Haut, seiner geraden Nase, die eine Spur zu kurz war, um als römisch zu gelten, seinem straffen Mund, den dunklen, scheinbar pupillenlosen Augen, die auf den ersten Blick schwarz schienen, aber von einem überraschenden Dunkelblau waren, seiner athletischen, animalisch gespannten, knapp über mittelgroßen Figur wirkte er sehr attraktiv, wenn auch ein wenig düster und bedrohlich, wäre da nicht dieser leise leidende, beinahe abbittende Ausdruck in seinen Zügen gewesen, den er eifrig kultivierte, und seine guten Manieren, mittels derer er sein wölfisches Wesen erfogreich zu kaschieren und in das Bild eines dynamischen und zugewandten jungen Mannes zu transferieren vermochte.

Leonard ging in sein Schlafzimmer zurück, rollte eine Turnmatte aus und begann nackt mit seinen Übungen, um Arm-, Bein-, Rücken- und Bauchmuskulatur zu kräftigen, konzentrierte sich auf seine dreißig Liegestützen, die er mit um neunzig Grad abgeknicktem Oberkörper ausführte, damit auch seine Schultermuskeln trainiert wurden, und schloß mit zwanzig Klimmzügen am Türreck ab, bevor er für eine schweißtreibende halbe Stunde auf den Croßtrainer stieg. Die Wärme, die sich allmählich in seinem Körper ausbreitete, und der Schweiß, der ihm überall über die nackte Haut rann, erzeugte in ihm ein atavistisches Gefühl von Allmacht und Unbesiegbarkeit, das ihn im Lauf des Tages nie ganz verließ und ihm immer wieder einen leichten Schauer über den Rücken jagte.

Nachdem er wieder zu Atem gekommen war, duschte er ausgiebig, rieb seine Achselhöhlen mit dem Deodorant-Stick von *Zino Davidoff* und sein Gesicht mit dem Rasierwasser aus derselben Duftreihe ein, die nicht mehr hergestellt wurde, von der er sich jedoch über schwer zugängliche und unverschämt teure Quellen einen komfortablen Vorrat angelegt hatte, kleidete sich an, jedoch nicht zu auffällig teuer, da heute die Inhaber eines mittelständischen Betriebs auf seiner Besuchsliste standen, deren Belegschaft ihn für ihresgleichen halten sollte.

In der Küche aß er seinen Getreidebrei mit den frischen Früchten, nahm eine große Tasse Kaffee mit in den Wohnraum seiner schuldenfreien, geräumigen Anderthalbzimmer-Dachgeschoß-Eigentumswohnung, checkte auf seinem Smartphone die Nachrichten und seine Termine für den Tag, trat kurz auf die Terrasse, um die frische Luft zu atmen und mit einer Art heimlichem Besitzerstolz über die erwachende Stadt zu blicken, als würde sie ihm bald gehören, dann verschwand er in der Toilette und bereitete alles für sein tägliches Klistier vor. Seit er vor zwei Jahren mitten in einer Teamsitzung aufstehen und mit einer fadenscheinigen Ausrede den Konferenzraum hatte verlassen müssen, um dem unerbittlichen Drang nachzugeben, seinen Darm zu entleeren, mit dem Ergebnis, daß in seiner Abwesenheit ein Auftrag mit viel Prestige an einen verhaßten Rivalen vergeben wurde, hatte er beschlossen, sich während der Arbeitszeit niemals mehr einer solchen Laune der Natur auszusetzen, auch wenn ihm dieses tägliche Prozedere von Grund auf zuwider war.

Um 7.30 betrat Leonard die Tiefgarage, stieg in seinen dunkelblauen *Maserati GranCabrio* und fuhr gespannt wie ein Bogen in den neuen Tag hinaus.

2

Die Firma *A&A Consulting*, für die Leonard arbeitete, befand sich im 15. Stock eines neuerbauten, gläsernen Hochhauses und nahm die ganze Etage ein. Über den ganzen Raum verteilt erstreckten sich kleine, abgetrennte Verschläge, in denen Computer auf verstellbaren Metalltischen standen und gerade mal Platz boten für eine Person. Dort mühte sich die unterste Schicht der Mitarbeiter und Mitarbeiterinnen ab, die Rechercheure und Zuarbeiter, Frauen und Männer in etwa der gleichen Anzahl, doch kaum jemand über vierzig.

In unregelmäßigen Abständen unterbrachen etwa ein Dutzend würfelförmige Glaskäfige diese gleichförmigen Arbeitsplätze, ebenfalls ausgerüstet mit Computern, jedoch ergänzt durch eine kleine Sitzecke und metallene Aktenschränke, Trinkwasserbehälter, einen Kühlschrank und eine Miniküche, in der man Kaffee und Tee zubereiten konnte. Hier residierten die Beraterinnen und Berater, sofern sie nicht gerade im Einsatz waren, deutlich mehr Männer als Frauen, und bereiteten sich auf ihre Aufgaben vor. Sie hatten im Betrieb absolute Priorität und ließen das ihre Kolleginnen und Kollegen auch spüren.

Über ihnen allen thronten die beiden Gründer der Firma, Akerman und Abel, auf der Südseite des Büroturms jeweils in großen, komfortablen Wohnbüros, deren Clou es war, daß sich die Glasverkleidung durch Knopfdruck dunkel färben ließ, sodaß kein Blick ins Innere mehr möglich war, während nach außen uneingeschränkte Sicht herrschte. Um diese Besonderheit rankten sich die wüstesten Vermutungen, besonders dann, wenn nicht Sitzungen mit wichtigen Kunden Anlaß für Diskretion waren, sondern Akerman einzelne attraktive, junge Mitarbeiterinnen zu sich rief und sich unmittelbar danach die Wände verdunkelten. Akerman war groß und hager und stand trotz Familie im Ruf, ein Weiberheld zu sein, und wenn die Frauen wieder durch die Tür heraus traten, tasteten sie Dutzende von Blicken insgeheim nach verräterischen Spuren ab, geröteten Wangen etwa, verwischtem Lippenstift oder verrutschter Bluse. Bei Abel, weich und rundlich, einem echten Genußmenschen, wie es sie nur noch selten gab, dessen Scharfsinn man jedoch leicht unterschätzte, waren es die jungen Männer, über die man sich heimlich das Maul zerriß, auch wenn in beiden Fällen nur wild spekuliert wurde und es keine Beweise für solche Unterstellungen gab.

Die beiden Inhaber der Firma hatten mit ihrem Führungsstil trotz ihrer jovialen Art dafür gesorgt, daß niemand es wagte, offen über sie zu tratschen. Hartnäckig hielt sich das Gerücht, daß sich unter den Angestellten Spione verbargen, die über ein raffiniertes Computerprogramm nichts anderes taten, als jeden einzelnen von ihnen zu kontrollieren. Auch hier gab es keine Beweise, doch in der Vergangenheit war es öfter vorgekommen, daß einzelne Mitarbeiterinnen und Mitarbeiter von einem Tag zum andern plötzlich verschwanden, bis es allen allmählich dämmerte, daß es immer diejenigen traf, die geglaubt hatten, ein lockeres Leben führen und an den Arbeitsbedingungen herummäkeln zu können.

Ein weiterer schlauer Schachzug war die Einrichtung einer Kantine, die fast ein Viertel der Etage einnahm und während der gesamten Arbeitszeit stets hochwertiges Essen bereithielt. Unausgesprochen wollte man so verhindern, daß die Belegschaft zur Mittagszeit in alle Himmelsrichtungen ausschwärmte, sich in Imbißecken von Einkaufszentren festquatschte und so die Konzentration verlor. Jetzt schlenderte jeder rasch hinüber ins Casino, wenn er Hunger hatte, die Essenszeiten entzerrten sich, und alle waren mehr oder weniger dauernd am Arbeiten. Einen Zwang zu dieser Arbeitsform gab es nicht, doch jeder, der jetzt mittags das Gebäude verließ, wirkte irgendwie wie ein Verräter oder zumindest wie ein Paria.

Akerman und Abel hatten sich während ihrer Studienzeit kennen- und schätzengelernt, waren schon seit mehr als fünfundzwanzig Jahren im Geschäft und entsprechend abgebrüht. Seit dem Umzug in das Hochhaus vor drei Jahren hatten sie ihr Tätigkeitsgebiet ausgebaut, sie betreuten jetzt auch einheimische Firmen, die eine Dependence im europäischen Ausland eröffneten und europäische Unternehmen, die sich im Inland ansiedeln wollten. Akermann konzentrierte sich vor allem auf das Inland, während Abel, der mehrere Fremdsprachen beherrschte und ein ausgezeichneter Gastgeber war, sich vorwiegend auf der internationalen Ebene bewegte.

Unter den Beraterinnen und Beratern fand täglich ein quälender, kräfteraubender, mit subtilsten Mitteln geführter Abnützungskampf um die lukrativsten Aufträge statt, der von den beiden Firmeninhabern gekonnt angeheizt wurde. So konnte es geschehen, daß Mitarbeiter, die eben noch brillante Arbeit abgeliefert hatten und sich Hoffnung auf einen dauerhaften Platz an der Spitze machten, mit einer Aufgabe abgespeist wurden, die ihnen schlagartig die Grenzen ihrer Ambitionen aufzeigen sollte. Das Perfide daran war die unausgesprochene Übereinkunft, daß solcherlei Willkür stillschweigend geschluckt und Widerspruch nicht geduldet wurde, wollte man seine Karriere nicht aufs Spiel setzen. Auch wenn sie sich untereinander duzten, sprachen sie professionell und sachlich über ihre Arbeit und übten lediglich in Form dezent angedeuteter Verbesserungsvorschläge, die sie angeblich von Kolleginnen und Kollegen gehört haben wollten, verschlüsselte

Kritik an der Unternehmenspolitik, denn keiner konnte wissen, ob das andernfalls nicht sofort nach oben durchgesteckt wurde. Dennoch hielten alle verbissen an ihren Posten fest, denn wer es zu *A&A Consulting* geschafft hatte, fand immer wieder eine Anstellung, auch wenn er oder sie dort hochkant hinausgeflogen war.

3

Leonard ging mit verzögerten Schritten auf den Eingang von *A&A Consulting* zu und wartete auf das gedämpfte Hauchen, mit der die Türen zur Seite glitten, dann ging er lässig den langen Korridor zu Akermans Büro entlang, heimlich verfolgt von Dutzenden von Augen der schon fast vollständig anwesenden Mitarbeiterinnen und Mitarbeiter, und nickte Solange, die in ihrem Verschlag direkt am Gang saß, mit einem leichten Senken des Kopfes unauffällig zu, die seinen Blick mit blitzenden Augen erwiderte. Sie hatten sich ein paarmal zufällig im Casino getroffen und danach privat verabredet, obwohl auch das zu den unausgesprochenen Regeln gehörte, daß Paarbildungen innerhalb der Firma als unerwünscht galten. Die Erfahrung hatte aber gezeigt, daß keine Sanktionen erfolgten, solange niemand in seiner Leistung nachließ. Dennoch bemühten sich alle Betroffenen, auch Leonard und Solange, ihre Beziehung möglichst geheimzuhalten.

Leonard richtete seinen Blick wieder nach vorne und sah Mia Faber, seine heutige Partnerin, die bei Akerman bereits auf einem Besuchersessel saß. Auch diese Maßnahme, daß jeder Auftrag von mindestens zwei Beratern durchgeführt werden mußte, entsprach der Firmenphilosophie – keine Alleingänge, keine Geheimnistuerei, jeder überwachte jeden. Mia unterhielt sich angeregt mit ihrem Vorgesetzten, der es sich auf seinem Drehstuhl bequem gemacht hatte, die Füße auf dem Schreibtisch, sodaß er beinahe lag. *Wohl noch zu früh für eine Verdunkelung*, dachte Leonard hämisch, *oder Mia ist nicht sein Typ*. Dabei entging ihm nicht, daß ihn Abel, der allein mit seiner Sekretärin in seinem Büro saß, abgetrennt durch eine deckenhohe Glaswand, wie drüben bei seinem Partner, mit lüsternen Blicken musterte, um sich gleich wieder seinem Laptop zu widmen. Leonard war das Interesse Abels an seiner Person äußerst unangenehm, auch wenn er noch nie Annäherungsversuche unternommen hatte, wohl auch deshalb, weil Leonard zu Akermans Leuten zählte und in seiner hervorgehobenen Position schlecht als Lustknabe taugte.

Leonard sah rasch auf seine Uhr, bevor er Akermans Büro betrat. Es war kurz vor acht, also war er nicht zu spät, doch daß Mia vor ihm da war, versetzte ihm dennoch einen kleinen Stich. Sie war eine angenehme Erscheinung, etwas jünger als Leonard, dunkelblond und gelassen und knapp zwei Jahre länger im Betrieb, doch man wußte bei ihr nie, was sie dachte oder wie ehrgeizig sie war. Leonard spürte, daß Akerman insgeheim viel von ihm hielt und ihn gerade deswegen immer wieder bremste, um zu verhindern, daß er abhob oder dünkelhaft wurde. Es war möglich, daß Akerman von einem Tag zum anderen völlig willkürlich jemand anderen zu seinem Favoriten erhob, deshalb mußte er immer wachsam sein.

Leonard klopfte kurz, zog am Türgriff und glitt gewandt ins Büro.

"Guten Morgen..."

Mia lächelte ihm freundlich zu, doch ihr selbstzufriedener Gesichtsausdruck war unübersehbar. Akermans länglicher Kopf mit den notorisch geröteten Wangen und den schlohweißen Haaren, die er bereits mit fünfzig hatte, ruckte zu ihm herum.

"Guten Morgen Herr Lansing..."

Seine blaßblauen Augen nahmen ihn spöttisch ins Visier.

"Setzen Sie sich, setzen Sie sich, ich hoffe, Sie haben gut geruht..."

Leonard ließ sich auf dem Sessel neben Mia nieder und verkniff sich eine Antwort.

Akerman nahm seine Füße vom Schreibtisch, beugte sich vor und sah Mia und Leonard beschwörend in die Augen.

"Ihre heutige Aufgabe mag Ihnen nicht allzu anspruchsvoll erscheinen, doch wir sind uns einig, daß wir jeden Kunden mit dem gleichen Respekt behandeln..."

Akerman blätterte lustlos die Broschüre durch, die vor ihm auf dem Tisch lag, und wandte sich an Leonard. Das bedeutete, daß er ihm die Führung übergab.

"Über die Fakten haben wir ja ausführlich gesprochen... wie gedenken Sie vorzugehen?"

Mia sah aufmunternd zu Leonard hinüber, als sei es ausgemacht gewesen, daß er der Wortführer sei, und verbarg erfolgreich ihre Enttäuschung darüber, daß ihr Kalkül, sich einen kleinen Vorteil zu verschaffen, indem sie lange vor dem Termin erschienen war, im selben Augenblick in sich zusammenfiel. Leonard blieb das nicht verborgen, doch er hütete sich, seiner Stimme einen triumphierenden Ton zu verleihen.

"Nun, es ist etwas heikel... die eigentlichen Auftraggeber sind der Sohn des Speditionsunternehmers und seine Frau... der Alte will auf keinen Fall, daß sich etwas ändert, doch sie steuern auf ein dickes Minus zu..."

Akerman packte die Broschüre, schüttelte sie heftig und warf sie wieder hin.

"Das weiß ich, steht alles hier drin..."

Leonard sah kurz zu Mia hinüber und wandte sich wieder an Akerman.

"Mia schlug vor, uns als Ehepaar auszugeben, das eine Spedition von ähnlicher Größe aufbauen und sich von ihnen beraten lassen möchte... so schöpft der Alte keinen Verdacht und wir können ihnen auf dem Rundgang in Ruhe unsere Vorstellungen näherbringen..."

"Ist das nicht schizophren? Sie reden mit Leuten, die unsere Ideen gar nicht umsetzen können, und der eigentliche Adressat weiß von nichts?"

"Die Juniorpartner sind davon überzeugt, daß sie den Alten umstimmen können, solange er glaubt, daß es ihre eigenen Vorschläge sind und sie vernünftig klingen..."

"Und deswegen fahren Sie extra dorthin? Geht das nicht über Mailaustausch?"

Akerman drehte ungeduldig seinen Montblanc-Füller zwischen den Fingern.

"Es gibt zu viele Unwägbarkeiten... der Zustand des Fuhrparks, das Firmengelände, die Verkehrsanbindung und ob der Sohn und seine Frau überhaupt begreifen, was wir uns ausgedacht haben..."

Akerman zwinkerte Leonard zu.

"*Advocatus diaboli*... Sie haben natürlich recht..."

Er grinste seinen Mitarbeitern jovial zu, die sich augenblicklich erhoben.

"...am besten, Sie nehmen einen Firmenwagen ohne Aufschrift... einen Golf oder einen kleinen Audi..."

Leonard, schon im Gehen, drehte sich mit einem Lächeln nochmal kurz um.

"Eigentlich wollten wir Mias Wagen nehmen, für den Fall, daß sie das Kennzeichen überprüfen... man kann ja nie wissen..."

Einen kurzen Augenblick schien es, als wollte Akerman aufbrausen, doch dann hatte er sich wieder im Griff.

"Und? Wo ist da der Witz?"

"Ihr Auto ist auf ihre Eltern angemeldet, und die wohnen auf dem Land..."

Akerman bedachte ihn mit einem frostigen Lächeln.

"Dieser Punkt geht an Sie... ich wünsche Ihnen gutes Gelingen..."

Bevor Mia und Leonard die Tür erreicht hatten, ließ sich Akermans Stimme erneut vernehmen.

"Ach... Mia?"

Mit einem unguten Gefühl drehte sich Mia zu ihm um.

"Genial, sich als Paar auszugeben... aber vergessen Sie Ihre ehelichen Pflichten nicht..."

Es war eine dieser typischen, schlüpfrigen Akerman-Anspielungen, auf die es es keine Antwort gab und auch keine erwartet wurde. Leonard und Mia waren noch nicht draußen, als Akerman bereits konzentriert in ein Telefongespräch vertieft war.

4

Mias Auto war ein silbergrauer *Peugeot 208* mit dem Kennzeichen des Landkreises, in dem ihre Eltern wohnten. Sie mußten dem Alten also gar nicht erst groß erklären, woher sie kamen. Mia fuhr sicher und zügig, ohne sich auf nervtötende Autobahnscharmützel einzulassen. Leonard saß entspannt neben ihr und genoß das ruhige Dahingleiten, die Landschaft, die nach dem langen Winter allmählich wieder ergrünte. Es war das erste Mal, daß sie als Team zusammenarbeiteten, und er hätte mit Mia gerne ein persönliches Gespräch geführt, es war sehr lästig, dauernd auf der Hut sein zu müssen, gerade wenn man so viel Zeit zusammen verbrachte. Auch wenn sie nicht direkt sein Typ war, schätzte er ihre ausgeglichene, unaufdringliche Art, er hätte gerne gewußt, ob sie einen Freund hatte und wie sie ihre spärliche Freizeit verbrachte. Vielleicht kam er ihr ja über Smalltalk näher.

"Es ist angenehm, sich einfach mal zurückzulehnen... du fährst so lässig, ich komme gar nicht auf den Gedanken, mich einzumischen..."

Überrascht sah Mia zu Leonard hinüber.

"Meinst du das ehrlich? Ich dachte, wer ein so sportliches Auto fährt wie du, leidet Qualen auf dem Beifahrersitz..."

"Ich bin kein Raser... mir geht es in erster Linie um die Ästhetik..."

"Das sagt mein Freund auch, doch er würde niemals ein Auto kaufen, das weniger PS hat als meins..."

Sie kannte also seine Automarke und hatte einen Freund, und sie schien sich weniger Gedanken zu machen, wieviel sie von sich preisgab. Oder war das ihre Methode, die anderen zum Reden zu bringen? Klug genug war sie, doch war sie auch so abgefeimt? Leonard beschloß, seinem Instinkt zu vertrauen, der ihm sagte, daß Mia keine Bedrohung war.

"Na ja, ein bißchen Dampf unter der Motorhaube kann nicht schaden, wenn man überholen will..."

Mia lächelte amüsiert und wiegte den Kopf.

"Könnte man glatt aufs Berufsleben übertragen..."

Leonard war überrascht, daß sie sich so weit auf die Äste hinauswagte, doch er ließ sich auf das Spiel ein.

"Zum Beispiel, indem man sich viel zu früh zum Termin beim Chef einfindet?"

Wenn Leonard erwartet hatte, daß Mia erschrocken verstummen würde, hatte er sich getäuscht. Sie lachte fröhlich heraus.

"*Touché*... es hat mich einfach gereizt herauszufinden, ob solche Dinge bei Akerman zählen..."

"Und wie lautet das Fazit?"

"Er hat die Glaswände nicht verdunkelt..."

"So früh am Morgen?"

"Okay, aber er hat es auch früher nie versucht..."

"Das heißt dann wohl, er schätzt dich..."

"Akerman kennt nur zwei Kategorien von Frauen... die heißen Miezen, die für die Verdunkelung in Frage kommen, und die Arbeitsbienen... oder hast du schon mal erlebt, daß er einer von uns bei einem Auftrag die Leitung übergab? Es sind immer die Männer..."

Leonard hatte noch nie ernsthaft darüber nachgedacht, die tägliche Anstrengung, sich optimal darzustellen, hielt ihn zu sehr in Atem.

"Tatsächlich? Was hält dich dann bei *A&A*?"

Mia fuhr eine Weile schweigend, bevor sie antwortete. In ihrer Stimme schwang Wehmut mit.

"Ich liebe meine Arbeit, und sie wird sehr gut bezahlt... doch sobald ich heirate und Kinder kriege, bin ich sowieso weg vom Fenster..."

Leonard musterte sie verwundert. Mia spürte seinen Blick.

"Das macht dich stutzig? Es ist ein Naturgesetz..."

Sie lächelte wieder.

"Du bist in Ordnung, sonst würde ich nicht so mit dir reden, auch wenn du ein Akerman-Junge bist... "

"Was heißt das?"

"Du bist begabt, aber krankhaft ehrgeizig und kennst nur einen Weg... nach oben..."

Überrascht öffnete Leonard den Mund, um etwas zu erwidern, doch Mia kam ihm zuvor.

"...und du merkst nicht, daß Akerman dich nur benützt und gegen die anderen ausspielt..."

Leonards Miene verdüsterte sich, dennoch fuhr Mia fort.

"Zum Beispiel der Auftrag heute... der ist deiner unwürdig, damit versucht er doch nur, dich kleinzuhalten und dir zu zeigen, wer der Herr im Haus ist..."

Trotzig hob Leonard den Kopf.

"Für ihn bin ich unverzichtbar..."

"Ja, wie der Esel, auf dem der Bauer sitzt und dem er eine Karotte vor die Nase hält: Ein Schritt noch, dann hab' ich die Karotte, dann noch einen und noch einen..."

Leonard sah Mia ungläubig an.

"So siehst du das?"

Mia lächelte.

"So sehen das alle... aber wenigstens hast du Manieren und behandelst die Frauen mit Respekt..."

Leonard sah rasch zu Mia hinüber.

"Fürchtest du nicht, daß ich das alles weitertratsche?"

Mia betätigte den Blinker, die Autobahnausfahrt lag vor ihnen.

"Ein Typ wie du? Eher würdest du Abel einen blasen... danach giert er doch, seit du bei *A&A* angefangen hast..."

Leonard lachte lautlos und schüttelte den Kopf.

"Gibt es etwas, das dir nicht entgeht?"

Ein Ausdruck der Genugtuung huschte über Mias Gesicht.

"Es kann nicht schaden, über alles Bescheid zu wissen... das ist meine Art, in diesem Haifischbecken zu überleben..."

5

Unweit der Autobahnabfahrt lag die Spedition *Kallmann & Sohn* in einem Gewerbegebiet, das sich seit ihrer Gründung vor mehr als siebzig Jahren sprunghaft vergrößert hatte. Auf dem großzügig bemessenen Areal waren die Werkhallen, das Verwaltungsgebäude und das Wohnhaus, das ursprünglich vollkommen im Freien gestanden hatte, immer wieder ausgebaut und renoviert worden, dennoch umwehte die Firma noch der Hauch ihrer Gründerzeit. Auf dem Parkplatz und und vor den Rampen überwogen große, schon in die Jahre gekommene Laster, und die Mitarbeiter bewegten sich in einem gemächlichen Tempo über das Gelände.

Mia fuhr quer über den Innenhof und parkte vor dem Bürogebäude. Sie zog den Zündschlüssel ab und sah Leonard mit einem aufmunternden Lächeln an.

"Ich weiß zwar nicht, wie sich eine Ehefrau benimmt, aber ab und zu ein bewunderndes Lächeln dürfte nicht schaden..."

"...und wundere dich nicht, wenn du hin und wieder meine Hand auf deiner Schulter oder um deine Taille spürst..."

Beide mußten herzlich lachen, dann griff Leonard nach der Tür.

"Also dann, Herr und Frau Sebastian und Sabine Kambach...",

Sie stiegen gleichzeitig aus, die Bürotür öffnete sich, und das junge Ehepaar Kallmann kam ihnen entgegen. Der Junior war um die vierzig, ein stämmiger, aufrechter Mann mit einem festen Blick, seine Frau war etwas jünger, hatte kluge, lebhafte Augen und feine Lachfältchen um den Mund. Der Ehemann sprach als erster.

"Freut mich, Sie bei uns begrüßen zu dürfen..."

Er trat vor und streckte Mia seine Hand entgegen.

"Georg Kallmann... meine Frau Gesine..."

Mit einem unsicheren Grinsen wandte er sich an Leonard.

"Und Sie sind..."

Leonard deutete zuerst auf Mia und dann auf sich.

"Sabine und Sebastian Kambach... wie besprochen..."

Georg Kallmann wirkte erleichtert.

"Mit mir und meiner Frau können Sie offen reden, doch solange mein Vater in der Nähe ist..."

"Wir tun unser bestes..."

"Dann folgen Sie uns bitte..."

Kallmann ging ihnen voraus, seine Frau ließ Mia und Leonard mit einem Kopfnicken passieren. Das Büro war geräumig, die zwei, drei Angestellten wirkten irgendwie verloren hinter ihren alten Holzschreibtischen und Rollschränken, immerhin benutzten sie Computer. In einem durch eine Glaswand abgetrennten Verschlag saß der Senior, um die siebzig, auf einem Drehstuhl, dessen Polsterung an manchen Stellen aufgeplatzt war. Sein Sohn klopfte kurz gegen die Scheibe und öffnete die Tür.

"Vater, hier ist das Ehepaar, das sich den Betrieb mal ansehen wollte..."

Im Gegensatz zu seinem Sohn war Ernst Kallmann groß und hager, seine starren, hellblauen Augen wirkten nicht so, als hätten sie oft gelacht, ein bitterer Zug ließ seinen Mund schmal und hart erscheinen. Doch jetzt schien er sich zu beleben. Etwas wacklig stand er auf, kam Leonard und Mia entgegen und schüttelte ihnen die Hand.

"Freut mich, freut mich... kommt nicht oft vor, daß junge Leute sich sowas wie das hier antun wollen..."

Er ergriff einen Stock und humpelte zum Ausgang. Sein Sohn, dessen Frau, Mia und Leonard wechselten einen raschen Blick. Der Sohn hob ratlos die Schultern. Der Alte öffnete die Tür, trat hinaus und winkte seine Gäste heran.

"Als mein Vater nach dem Krieg diese Spedition aufbaute, war er vorausschauend genug, ein großes Stück Land zu erwerben, und auch ich konnte später noch einiges dazukaufen... wir fuhren Tag und Nacht, im Inland, nach Frankreich und Italien, nach der Wende auch in den Osten... es war ein hartes Leben, aber es hat sich gelohnt..."

Der Glanz auf seinem Gesicht erlosch, und er wandte sich zu seinem Sohn um.

"Jetzt will mir mein Sohn einreden, die besten Zeiten seien vorbei, daß man sich umstellen müsse... dabei muß man sich nur richtig ins Zeug legen, dann läuft der Laden von allein..."

Georg Kallmann legte seinem Vater einen Arm um die Schulter.

"Ach, Vater, du übertreibst..."

Der Senior erwiderte nichts, er starrte nur eine Weile regungslos in die Weite, dann richtete er seine Augen forschend auf Leonard und Mia.

"Wie kamen Sie ausgerechnet auf unsere Firma?"

Leonard sah kurz Mia an und faßte sie leicht um die Taille.

"Wir haben natürlich im Internet recherchiert... mittelgroßer Betrieb, schon sehr lange im Geschäft, vergleichbare Verkehrsanbindung..."

Der Blick des Alten fiel auf das Kennzeichen von Mias *Peugeot*.

"Ich kenne die Gegend... da gibt's große Konkurrenz..."

"Das ist uns bewußt... doch der Warenverkehr nimmt ständig zu, man muß es nur richtig anpacken, dann klappt es schon..."

Der Alte starrte ihn und Mia eine Weile an, dann klopfte er seinem Sohn auf den Rücken und nickte seiner Schwiegertochter zu.

"Dann führt sie mal rum, ihr werdet schon sehen, wer recht hat..."

Ohne Gruß drängte sich der Alte an den Gästen vorbei ins Büro zurück und schloß die Tür hinter sich.

Georg Kallmann lachte verlegen.

"Tut mir leid... aber wir haben Sie gewarnt..."

Mia meldete sich zum ersten Mal zu Wort.

"Nich halb so schlimm... aber für Sie wird es schwer..."

Der Rundgang bestätigte im wesentlichen die Eindrücke, die sie aus der Verarbeitung der Daten gewonnen hatten. Noch war die Bilanz ausgeglichen, doch im Fernverkehr, von mächtigen Konzernen längst monopolisiert, konnten *Kallmann & Sohn* nicht mehr konkurrieren. Und genau dort lag der wunde Punkt. Der in Nostalgie schwelgende Senior wollte nicht wahrhaben, daß Fernfahrten durch Schnee, Eis, Nebel oder brütende Hitze nichts Romantisches mehr an sich hatten, sondern kleine Betriebe nur noch ins Verderben führten. Während die großen Firmen aufgrund ihrer Vernetzung auch die Rückfahrten vollbeladen antreten konnten, waren für kleine Spediteure kurzfristig geplatzte Deals immer öfter an der Tagesordnung, und genau diese Leerfahrten brachen ihnen auf die Dauer das Genick, ebenso die Dumpinglöhne für die Fahrer und die teure Wartung der riesigen Laster, von denen drei Stück verwaist in der Wartungshalle standen. Auch sonst war auf dem Gelände nicht viel los.

Sie waren wieder in der Nähe des Bürogebäudes angelangt und lehnten sich an Paletten, die sich dort hoch aufgetürmt stapelten. Leonard verschränkte die Arme.

"Wir wollten uns zuerst alles genau anschauen, bevor wir Ihnen unsere Broschüre aushändigen, um eventuell noch etwas korrigieren zu können... doch es verhält sich alles so, wie wir es nach Ihren Unterlagen erwartet und berechnet haben..."

Leonard hob den Kopf und sah Mia an, die nahtlos übernahm.

"Unser Vorschlag beinhaltet im Kern, Ihr Geschäft vollkommen aufs Inland zu beschränken, hauptsächlich auf Ihre Region... Sie liegen gut angebunden im Umfeld von drei größeren Städten, der Bedarf an schnellen, spontan buchbaren Transporten nimmt stetig zu..."

Leonard fuhr fort.

"Statt riesige Sattelschlepper, die nie ausgelastet sind,

schaffen Sie sich kleinere Fahrzeuge an für kleinere Fracht, die für die großen Firmen unrentabel ist... wir haben sogar an Subunternehmer gedacht... möglicherweise ist auch eine Zusammenarbeit mit den großen Paketzustellern attraktiv für Sie..."

Georg Kallmann nickte bedrückt.

"Nach dem Motto: Kleinvieh macht auch Mist... doch wie finanzieren wir das?"

Mia blätterte in ihren Unterlagen.

"Das geht nicht von heute auf morgen... aber Sie besitzen doch ganz hinten dieses Brachfeld, auf dem sich alles mögliche Gerümpel angesammelt hat... warum verkaufen Sie das nicht?"

Georg Kallmann sah seufzend zu seiner Frau.

"Die schweren Lastwagen und das Auslandsgeschäft sind der Knackpunkt... für meinen Vater sind diese Fernfahrten der Ausdruck für Tatkraft, für Männlichkeit, für sein Lebenswerk... alles andere ist für ihn nur Kinderkram..."

Gesine Kallmann sah ihren Mann sinnend an.

"Wir haben ein paar zuverlässige Kunden in Italien... vielleicht behält er einen Laster und kümmert sich ausschließlich um sie..."

Georg Kallmann schnaubte resigniert durch die Nase.

"Dein Wort in Gottes Ohr..."

Eine Weile herrschte Stille, dann wandte sich Leonard an das Ehepaar.

"Es ist ein schwieriger Prozeß, aber Sie haben keine Wahl..."

Mia zog die Broschüre aus ihrem Aktenkoffer und überreichte ihn Kallmann.

"Hier unsere Dokumentation... falls Sie Fragen haben, sind wir jederzeit für Sie da..."

Leonard nickte dem Ehepaar zu.

"Wir wünschen Ihnen viel Glück..."

Sie schüttelten sich stumm die Hände, das Ehepaar Kallmann ging mit schweren Schritten über den Hof zum alten Wohnhaus hinüber, Mia und Leonard stiegen ins Auto.

Leonard gurtete sich an und sah aufgekratzt zu Mia hinüber.

"Und, wie waren wir?"

Mia zögerte, den Zündschlüssel in der Hand.

"Ich mußte an meinen Vater denken... auch sein Leben verlor plötzlich jeden Sinn..."

Leonards Miene verhärtete sich, seine gute Laune war verflogen.

"Das passiert eben, wenn man blind und stur an der Vergangenheit festhält..."

Ohne etwas zu erwidern, startete Mia den Motor und fuhr übertrieben rasant aus dem Hof hinaus.

6

Am Abend des folgenden Tages trafen sich Leonard und Solange in der Tiefgarage von *A&A Consulting*. Solange hatte fünf Minuten gewartet, bevor sie ebenfalls das Großraumbüro verließ. Sie stiegen jeweils in ihre eigenen Autos, Solange in ihren *Kia*, Leonard in seinen *Maserati GranCabrio*. Er hatte im *Diner Number One* reserviert, einem sündteuren In-Lokal mit arroganten Bedienungen, das noch nicht lange existierte und fast nur von jungen erfolgreichen Leuten frequentiert wurde, denen es ein dringendes Bedürfnis war, von aller Welt gesehen und bewundert zu werden. Dort trafen sich gelegentlich auch ältere Herren, die das Restaurant zum Aufreißen junger Frauen entdeckt hatten und dabei recht erfolgreich waren. Auch Akerman fand sich dort gelegentlich ein und würdigte Leonard keines Blickes, wenn er ebenfalls zufällig anwesend war.

Solanges' Wohnung lag auf dem Weg, sie parkte ihr Auto, zog sich rasch um und stieg zu Leonard in dessen *Maserati*. Da er keinen Schluck Alkohol trank, war er es, der sie nach ihren Verabredungen zu ihr nach Hause brachte, wo er meistens bis zum Morgengrauen blieb. Solange war lebhaft und lachlustig und machte sich nicht viel aus schicken Lokalen. Sie war ein Mensch, der sich überall zurechtfand und sich auch an kleinen Dingen erfreuen konnte, doch sie amüsierte sich köstlich über die krampfhafte Wichtigtuerei, die in diesen Etablissements gang und gäbe war. Leonard war sich bisher nicht klar darüber geworden, was ihn an Solange mehr anzog als bei anderen Frauen. Sie war aufgeweckt und anschmiegsam, hatte eine perfekte sportlich-feminine Figur, bewegte sich mit der Leichtigkeit einer Tänzerin und stellte keine Forderungen. Mit ihr war er noch kein einziges Mal aneinandergeraten.

Vor dem *Diner Number One* herrschte wie üblich hektischer Betrieb. Leonard fand eher zufällig einen Parkplatz, weil ein junges Paar, wilde Beschimpfungen in Richtung des Lokals ausstoßend, in ihren fetten *Mercedes AMG G 63* stieg und mit aufbrüllendem Motor davon raste. Drinnen, in dem fast ganz in sterilem Weiß gehaltenen Interieur, dem raffiniert beleuchtete Hopper-Reproduktionen an den Wänden zu einer beklemmenden, künstlichen Intimität verhalfen, herrschte die immergleiche Atmosphäre. Die aufgeblähten Egos schwirrten wie aufgeschreckte Papageien durch die Luft, und wer insgeheim die Augen schweifen ließ, wollte nicht erkunden, wer sonst noch so da war, sondern registrieren, ob man gesehen wurde.

Leonard wandte sich an den geschniegelten Mann am Eingang, der hinter einem kleinen Pult stand und dessen Gesicht eine unnatürliche, fleckige Sonnenbräune verunzierte. Aufgeschlagen auf dem weiß lackierten Metallständer lag das Buch mit den Reservierungen.

"Leonard Lansing, ich habe einen Tisch für zwei Personen reserviert..."

Der Mann fuhr mit dem Zeigefinger über die Zeilen und blieb an einer bestimmten Stelle stehen. Er machte einem livrierten jungen Mann ein Zeichen, der sofort herbeieilte.

"Tisch achtzehn..."

Der Page, oder was immer er darstellte, packte zwei Menükarten und machte zu Leonard und Solange ein herrisches Zeichen mit dem Kopf.

"Bitte folgen Sie mir..."

Er führte die beiden mit allen Zeichen der Geringschätzung an ihren Tisch, reichte ihnen wortlos die Karten und verschwand. Solange und Leonard, der sich genauso wenig beeindrucken ließ von der arroganten Pseudovornehmheit dieses Ladens und nur hierher kam, weil man sich hier eben zeigen mußte, wollte man dazugehören, lachten sich verschwörerisch zu. Am Nebentisch gab ein Mann mit lauter Stimme eine Bestellung auf.

"Eine Flasche *Champagne Moutarde* bitte..."

Der Kellner beugte sich murmelnd zu den jungen Leuten hinunter.

"Ich nehme an, Sie meinen einen Champagner aus dem Hause *Moutard*..."

Der junge Mann richtete sich gereizt auf. Seine Stimme wurde schneidend.

"Ich denke, ich habe mich klar genug ausgedrückt... selbstverständlich meine ich einen *Champagne Moutard*..."

"Sehr wohl, der Herr... sofort..."

Der Kellner glitt davon, an den Nebentischen wurde es peinlich still.

Leonard und Solange sahen sich an. Der Typ hatte zuerst ganz deutlich <Moutarde> gesagt, also das <d> am Schluß ausgesprochen, was <Senf> bedeutete, die Herstellerfirma schrieb sich jedoch ohne <e>, sodaß das <d> stumm blieb, so, wie es der Kellner gesagt hatte. Solange konnte kaum an sich halten, sie wisperte Leonard zu.

"Ach, Leonard, könnte ich bitte einen *Lambordschini* mit Senf haben?..."

"Warum nicht? Dazu würde ein *Tschianti* ganz gut passen..."

Die beiden mußten sich beherrschen, um nicht laut loszuprusten. Das liebte Solange an Leonard, daß er trotz seines beruflichen Aufstiegs kein Angeber war und sie nicht dauernd mit seinen Erfolgsgeschichten zuquatschte. Allerdings wurde er sofort einsilbig, wenn es um persönliche Dinge ging, so wußte sie noch immer nicht so recht über seine familiären Verhältnisse Bescheid. Stets wiegelte er ab und betonte, daß das, was wirklich zählte, Wahlverwandtschaften waren. Und auch, warum er keinen Schluck Alkohol trank, reizte ihre Neugier. Mitten in ihre Überlegungen platzte der Kellner und baute sich steif vor ihnen auf.

"Haben Sie gewählt?"

Leonard und Solange sahen sich an, Solange schüttelte den Kopf.

"Eigentlich habe ich gar keinen großen Hunger..."

"Ich auch nicht... dann nehmen wir doch einfach den großen Vorspeiseteller..."

Solange nickte zustimmend, und Leonard sah sie an.

"Und zu trinken?"

"Einen Viertel *Oeil de Perdrix*..."

Leonard wandte sich an den Kellner.

"Also... den großen Vorspeiseteller, einen Viertel *Oeil de Perdrix* für die Dame und ein kleines stilles Wasser für mich..."

"*San Pellegrino* oder *Perrier*?"

"Das *Acqua Panna* von *San Pellegrino*..."

Mit eisiger Miene machte sich der Kellner Notizen und sammelte die Speisekarten ein.

"Sehr wohl..."

Mit großer Herablassung wurde schon sehr bald das Essen gereicht und das Einschenken der Getränke zelebriert. Solange und Leonard schoben sich gegenseitig Happen zu und stritten um besondere Leckerbissen, gebratene Artischocken, gegrillte Garnelen, dann zahlte Leonard mit seiner Kreditkarte und gab dem Kellner übertrieben viel Trinkgeld, was dieser völlig richtig als Veräppelung verstand und ihn innerlich noch mehr auf die Palme brachte.

Auf den Straßen war es ruhiger geworden, und Leonard lenkte seinen *Maserati* gelassen durch den Verkehr. Ein Blickkontakt mit Solange genügte, um zu wissen, was sie sich wünschte - daß er die Nacht über bei ihr blieb. In ihrer Wohnung, die behaglich eingerichtet und mit drei Zimmern größer war als Leonards Apartment, machten sich beide für die Nacht zurecht oder vielmenr für das, was zunächst unausweichlich folgte.

Solange lag nackt im Bett, als Leonard, ebenfalls nackt, geräuschlos aus der Dusche kam. Im gedimmten Licht ihres Schlafzimmers erschrak sie einmal mehr darüber, wie sehr sie sein sehniger, behaarter Körper, der so tierhaft geschmeidig über den Boden glitt, aus dem Gleichgewicht brachte. Leonard hob die Decke und zwängte sich eng an Solange heran. Sie löschte das Licht, ihre Zungen fanden sich, und ihre Hände wanderten erst sachte, dann immer bestimmter über ihre Körper. Mit aufsteigender Spannung rutschte Leonard mit dem Kopf nach unten, er wußte genau, was Solange brauchte, um ihren eigenen Erregungszustand zu erreichen, und erst, als ihr Stöhnen immer lauter wurde, drang er in sie ein und bemühte sich, den hemmungslosen Impuls seiner Bewegungen soweit zu bändigen, daß sie beide gleichzeitig in Ekstase gerieten. Danach lagen sie schwer atmend nebeneinander und hielten sich bei der Hand. Solange hätte gerne etwas gesagt, doch sie wußte aus Erfahrung, daß Leonard gerade in diesem Augenblick völlig unansprechbar war. Sie drehte den Kopf und sah mit leisem Schaudern, daß er regungslos wie ein Toter auf dem Rücken lag.

"Leonard, schläfst du?"

Er drehte langsam seinen Kopf zu ihr um. Sie konnte seine Augen nicht sehen, dennoch spürte sie eine unendliche Qual, die von ihm ausging, für die sie keine Erklärung hatte.

"Geht es dir nicht gut?"

"Alles bestens, warum fragst du?"

"Nur so, ich dachte..."

Solange spürte, wie Leonard sie mit weit offenen Augen anstarrte.

"Ja...?"

"Nichts... ich glaube, ich hole mir ein Glas Wasser... willst du auch?"

"Nein, danke..."

Solange ging mit nackten Füßen in die Küche, füllte ein Glas mit Leitungswasser und trank es gierig aus. Als sie ins Schlafzimmer zurück kam, lag Leonard in tiefem Schlaf. Sie legte sich vorsichtig neben ihn und brauchte lange, bis auch sie zur Ruhe fand. Und wie immer, wenn er bei ihr war, hörte sie im Morgengrauen das Schnarren seiner Armbanduhr, das Rascheln der Decke, die er zurück warf, das Tappen seiner Füße, das Geräusch von

Kleidung, die übergezogen wird, und schließlich das Klicken des Schlosses, wenn er wortlos, klamm und heimlich die Wohnung verließ. Jedesmal wurde ihr weh ums Herz, und sie fühlte sich zunehmend billig und benützt, dennoch hatte sie bisher noch nie gewagt zu fragen, warum er nicht bis zum Frühstück blieb. Es war nicht falsche Rücksichtnahme, die sie davon abhielt, so leicht ließ sie sich nicht einschüchtern, sondern etwas in seinem Wesen, das ihr angst machte, als gloste irgendwo tief in seinem Inneren eine Glut, die plötzlich aufflammen und sie verbrennen konnte.

7

Leonard war in die Lektüre einer Mail vertieft, die ihm Georg Kallmann, der Juniorpartner der Spedition *Kallmann & Sohn,* geschickt hatte, in der er ihn um weitere Argumente zum Umbau der Firma bat. Mit dem Aufbau einer mobilen Flotte von Kleintransportern konnte sich der Alte inzwischen anfreunden, doch mit der Liquidierung seines früheren Kerngeschäfts tat er sich nach wie vor schwer. *Alter Sturbock,* dachte Leonard, als ihn ein Anruf erreichte, den er liebend gerne abgewiesen hätte. Er kam aus der psychiatrischen Abteilung eines Krankenhauses, und eine unpersönliche Stimme informierte ihn, daß seine Mutter gestern abend eingeliefert worden sei und seither mehrmals nach ihm verlangt habe.

Seine Mutter! Seit sie ihn zur Adoption freigegeben hatte, als er noch keine zwei Jahre alt war, hatte er versucht, sie zu vergessen, doch entgegen der Abmachung, daß sie darauf verzichten würde, sich in sein neues Leben einzumischen, hatte sie nachgeforscht, wer ihn adoptiert hatte, und in der Zeit, als er in die Pubertät kam, immer wieder versucht, ihn zu kontaktieren. Weder das Jugendamt noch seine Adoptiv-Eltern fanden einen Weg, sich dagegen zu wehren, und überließen es schließlich Leonard, wie er sich dazu stellen wollte. Er war hin- und hergerissen, er fühlte sich bei seinen Zieh-Eltern gut aufgehoben, die ihm alles boten, was er für seine Schulausbildung brauchte, doch emotional kam nie richtig eine Vertrautheit zwischen ihnen auf. So entschloß er sich, seiner Neugier nachzugeben und seine leibliche Mutter zu besuchen, obwohl ihm klar war, daß Charlotte und Friedrich Lansing es als Verrat empfinden mußten, auch wenn sie seine Entscheidung tapfer akzeptierten.

Er umging die Auflage, diesen Besuch nur in Beglei-
tung einer Person des Jugendamtes zu machen, und verab-
redete sich bei ihr zu Hause, sie lebte noch in der Wohnung, in der er mit ihr zusammen sein erstes Jahr verbracht hatte. Es war Sommer, sie öffnete die Wohnungstür mit einer Zigarette im Mundwinkel, gekleidet in eine
enge Jeans und ein Top mit Spaghettiträgern.

"Du mußt Leonard sein... komm rein..."

Zu jener Zeit war sie Mitte dreißig, blond, blauäugig,
und hatte noch ihre üppige, verführerische Figur, die jedoch bereits etwas von ihrer jugendlichen Form einbüßte.
Im Hintergrund, mit einer Bierflasche in der Hand, lehnte
ein unrasierter Mann in einem schmutzig-weißen T-Shirt
und über den Knien abgeschnittenen Jeans am Türrahmen
zum Flur. Sie drehte sich halb zu ihm um.

"Hey, Tom... laß uns mal allein..."

Der Mann ging wortlos in die Küche, seine Mutter
ging Leonard ins Wohnzimmer voraus, wies auf eine ab-
gewetzte Couch, nahm auf einem Sessel Platz, an dem
eine Lehne fehlte, und drückte ihre Zigarette in einem
überquellenden Aschenbecher aus. Forschend musterte
sie ihn von oben bis unten, ohne ihm etwas anzubieten.

"Na, bist ja ein Prachtjunge geworden... du freust dich
sicher, endlich deine richtige Mutter kennenzulernen..."

Leonard starrte seine Mutter an, gleichzeitig angezogen von ihrer halbnackten, prallen Sinnlichkeit und abge-
stoßen von dem ordinären, selbstgefälligen Schauspiel,
das sie ihm bot. Daß sich dahinter nur Unsicherheit und
Verzweiflung verbargen, konnte er nicht ahnen, und es
hätte ihn in diesem Augenblick auch nicht interessiert.

Wie gequetscht kam seine Antwort aus seiner Kehle.

"*Du* wolltest mich doch sehen..."

Fassungslos starrte seine Mutter ihn an. Ein einziger Satz von ihm, und schon war es vorbei mit ihrer Selbstherrlichkeit. Er spürte, wie die Wut in ihr hochstieg und nach verletzenden Worten suchte.

"Hey, Kleiner, werd' bloß nicht frech... ich war es, die dich unter Schmerzen geboren hat, nicht deine Ziehmutter, die unfruchtbar ist..."

Ein Stich wie von einem scharfen Dolch durchfuhr seine Brust.

"Und warum hast mich dann weggegeben?"

Sie wand sich auf ihrem Sessel, ihre Anmaßung war wie weggeblasen.

"Mach' bloß keinen Wind, Kleiner, das kannst du sowieso nicht verstehen..."

"Dann versuch's mir zu erklären..."

Unsicher sah die Mutter Leonard an, der seine Augen unverwandt auf sie gerichtet hielt.

"Ich wurde krank, und ich war ja noch so jung..."

"Das waren andere Mütter auch..."

"Denen haben ihre Eltern geholfen..."

Die Hitze, der Geruch nach abgestandenem Essen, die schäbige Wohnung und diese Frau, die vor ihm auf dem Sessel kauerte, angeblich seine leibliche Mutter, raubten ihm beinahe die Sinne. Am liebsten wäre er aufgestanden und davongerannt, doch eine Frage brannte noch in seiner Seele.

"Was ist mit meinem Vater? Ist es der Typ da draußen,

der sich in der Küche betrinkt?"

Seine Mutter lachte laut auf, lehnte sich zurück und sah an ihm vorbei.

"Ich habe deinen Vater geliebt... aber er hat mich verlassen, noch vor deiner Geburt..."

"Dann sag' mir, wer es ist ..."

Leonard beobachtete, wie es in ihr arbeitete, dann wandte sie ihm ihr haßverzerrtes Gesicht zu.

"Glaubst du, ich verrate dir seinen Namen? Er weiß nicht einmal, daß er einen Sohn hat..."

"Dann erfährt er es von mir..."

"Schlag' dir das aus dem Kopf, Kleiner..."

Wie in Zeitlupe stand Leonard auf.

"Ist das dein letztes Wort?"

Sie sah ihn an, Verzweiflung und Resignation im Blick, aber auch unversöhnlichen Trotz, und antwortete nicht. Wie in Trance durchschritt Leonard das Wohnzimmer, als sie ihn noch einmal ansprach.

"Hier, für dich..."

Er drehte sich um, sie hielt ihm einen länglichen Briefumschlag entgegen.

"Was ist das?"

"Wirst schon sehen..."

Zögernd bewegte er sich zurück zu ihr und nahm den Umschlag entgegen. Er war feucht, als hätte sie ihn die ganze Zeit unter ihrem Top versteckt, und fühlte sich an, als wäre eine Karte oder ein Foto darin. Ohne ihn aufzumachen, steckte er ihn verächtlich unter sein Hemd, dann trat er in das grelle Sonnenlicht hinaus.

Er erinnerte sich, als sei es gestern gewesen. Danach sah er sie nie mehr, und sie suchte auch nie wieder den Kontakt mit ihm. Er verschloß diese traumatische, einzige Begegnung mit ihr tief in seinem Herzen und erfuhr später über Umwege von ihrem gleichbleibenden, unsteten Leben, den unzähligen Liebhabern, den Jobs, die sie immer wieder hinschmiß, bis sie schließlich von der Sozialhilfe lebte. Er hatte keine Ahnung, was sie plötzlich von ihm wollte, doch ihm war klar, daß er sie nicht abwimmeln konnte, und er rückte sein Headset zurecht.

"Hören Sie? Sagen Sie ihr, daß ich komme... ich schaffe es aber nicht vor halb acht..."

8

Es war halb acht vorbei, als Leonard beim Krankenhaus ankam und sich anhand des Gebäudeplans auf den Leuchttafeln vor dem Eingang zu orientieren versuchte, wo die psychiatrische Abteilung lag. Sie war in einem separaten Anbau untergebracht, der hinter dem Haupttrakt lag. Er machte sich auf den Weg dorthin, und mit jedem Schritt drückten seine Gedanken schwerer auf sein Gemüt.

Am Empfang der Psychiatrie wies man ihn in den ersten Stock und kündigte gleichzeitig sein Kommen an. Oben am Treppenabsatz eilte ihm ein Arzt entgegen und streckte ihm schon von weitem seine Hand entgegen.

"Sind Sie Herr Lansing? Ich bin Dr. Berglund... ich bringe Sie zu Ihrer Mutter, Frau Kaspar..."

"Was ist mit ihr?"

"Sie hat sich offenbar mit ihrem Lebensgefährten gestritten und in ihrer Wohnung randaliert... dabei hat sie sich an einer Glasscherbe geschnitten, doch das ist nur nebensächlich, sie hatte einen richtigen Zusammenbruch..."

Sie eilten durch leere Flure, der Arzt wandte sich wieder an Leonard.

"Hat Ihre Mutter wieder ihren Mädchennamen angenommen? Sie heißen anders..."

"Ich bin nicht bei meiner Mutter aufgewachsen, meine Adoptiv-Eltern heißen Lansing..."

"Verstehe..."

Wieder bogen sie um eine Ecke.

"Hat sie nicht gesagt, was sie von mir will?"

"Nein... sehen Sie sich denn nicht regelmäßig?"

"Das letzte Mal vor fünfzehn Jahren..."

"Gibt es Spannungen zwischen ihnen?"

"Nur ein Ziehen in der Brust, wenn ich an unsere letzte Begegnung denke..."

Dr. Berglund hielt seinen Eilschritt bei und musterte Leonard von der Seite.

"Sie darf sich nicht aufregen... schaffen Sie das?"

"Ich werde mich bemühen..."

Der Arzt nickte.

"Sie ist stark sediert, versuchen Sie also, sich so unbefangen wie möglich zu geben..."

Vor einem Raum, einer Art Wartezimmer, kamen sie zum Stehen. Polstersessel standen herum und ein niedriger Holztisch, der als Ablage diente. Dr. Berglund stieß Leonard leicht an und wies auf eine Frau, die dort in einer Ecke saß.

"Ihre Mutter... ich lasse Sie jetzt allein... neben der Tür ist eine Klingel, drücken sie drauf, wenn Sie fertig sind..."

Dr. Berglund verschwand hinter einer der Türen, und Leonard machte ein paar Schritte in den Raum.

"Du wolltest mich sehen?"

Die Mutter wandte langsam den Kopf in seine Richtung und sah ihn mit stumpfem Blick an.

"Leonard..."

Sie war nur noch ein Schatten ihrer selbst. Ihre nackten Füße steckten in ausgetretenen Pantoffeln, über das Krankenhaushemd hatte sie sich einen verwaschenen Morgenmantel geworfen. Gesicht und Körper wirkten aufgedunsen, die einst blonde Mähne hing in farblosen Strähnen herab. Ihre linke Hand war bandagiert.

"Setz dich doch..."

Leonard ließ sich ihr gegenüber vorsichtig in einem Sessel nieder. Auf eine solche Veränderung war er nicht gefaßt gewesen, er mußte an sich halten, um seine Bestürzung nicht zu zeigen.

"Kann ich etwas für dich tun?"

Die Mutter lächelte schwach, von dem Hochmut und der Arroganz ihrer letzten Begegnung war sie weit entfernt.

"Es geht nicht um mich... ich wollte dir nur etwas sagen..."

Leonard zwang sich, freundlich zu sein, gleichzeitig war er auf der Hut.

"Und das wäre?"

Seine Mutter belebte sich etwas, ohne ihre Stellung zu verändern.

"Ich habe dir damals nicht verraten, wer dein Vater ist..."

"Ich weiß..."

"Ich wollte dich verletzen, aber das war nur der eine Grund..."

Leonard richtete sich auf, und seine Mutter fuhr fort.

"Schlimmer ist, daß ich nur seinen Vornamen kenne..."

Mit abbittender Miene sah sie ihn an.

"Leonardo..."

Sein Herz machte einen Sprung.

"Du hast mir seinen Namen gegeben..."

Sie nickte langsam und starrte dabei ins Leere.

"Das war alles, was ich von ihm hatte..."

"Warum seid ihr nicht zusammengeblieben?"

"Ich war siebzehn, und wir waren verliebt... keiner von uns dachte an die Zukunft..."

"Aber du warst doch schwanger von ihm..."

"Bevor ich das wußte, war er schon wieder verschwunden..."

"Und du hast ihn nie wiedergesehen?"

"Er ist Italiener, er erzählte mir, daß er nur zu Besuch bei seiner Familie sei..."

"Und deine Eltern?"

"Die wollten nichts mehr mit mir zu tun haben... sie mieteten eine Wohnung für mich..."

Die Erregung, die sich Leonard bemächtigt hatte, war verflogen, was seiner Mutter nicht entging.

"Tut mir leid, Leonard, aber wenigstens *das* solltest du wissen... vielleicht verachtest du mich jetzt ein bißchen weniger..."

Leonard sah auf und spürte, daß sie es ehrlich meinte.

"Ich danke dir... melde dich, falls ich etwas für dich tun kann..."

"Für mich wird gesorgt... es wird Zeit, daß ich ein neues Leben beginne..."

Sie lächelte wehmütig und sah ihn lange an. Leonard ließ sich von seinem Sessel gleiten, faßte mit beiden Händen nach ihrer gesunden Hand und preßte sie sich heftig gegen die Stirn. Dann stand er rasch auf, drückte auf die Klingel neben der Tür und warf einen letzten Blick zurück. Sie sah noch genauso aus, wie er sie vorgefunden hatte, doch jetzt umfing ein matter Glanz wie eine Aura ihre hingekauerte Gestalt, und seine Augen wurden feucht.

9

Die nächsten Tage verbrachte Leonard damit, für einen großen Autozulieferer ein Geschäftsmodell zu entwickeln, das für die Zukunft tauglich war. Es war ein gewaltiger Auftrag, bei dem es nicht einfach nur darum ging, Personalkosten zu sparen oder die Digitalisierung voranzutreiben, es ging um das Überleben dieses Betriebs. Akerman hatte gleich drei miteinander konkurrierende Zweierteams zusammengestellt, und auch Abel war mit zwei seiner Leute in das Projekt eingebunden, die halbe Belegschaft arbeitete ihnen zu.

In Leonards Bürokäfig hatte sich Patrick niedergelassen, mit dem er kooperieren sollte. Insgeheim hatte sich Leonard Mia als Partnerin erhofft, doch Akerman blieb seiner Linie treu, seine Leute immer wieder neu zusammenzuwürfeln, damit sie sich nicht aneinander gewöhnten und bequem wurden. Immerhin war klar, daß er das Sagen hatte, allein durch die Tatsache, daß er Patrick zu ihm geschickt hatte.

In der ersten Zeit ging es nur darum, sich einen Überblick zu verschaffen, was überhaupt möglich war. Laufend hetzten Mitarbeiterinnen und Mitarbeiter mit ausgedruckten Informationen in sein Büro und legten sie auf einen Stapel, der von Patrick nach Themen in zwei Ordner sortiert wurde, die sie dann gründlich studieren mußten, und die beiden schickten sie mit neuen Recherchen wieder los. Es war eine Sisyphus-Aufgabe, die eine Menge Phantasie, aber auch präzises Fachwissen erforderte. Wer das vielversprechendste Konzept vorlegte, würde in der Firma einen gewaltigen Sprung nach vorne machen und durfte es außerdem durch die besten Ideen der anderen Teams ergänzen. Doch nach welchen Kriterien fiel die

Entscheidung? Was hier verlangt wurde, grenzte an Prophetie, wer konnte schon voraussagen, welche Technologien sich am Ende durchsetzen würden?

Die Zusammenarbeit mit Patrick erwies sich für Leonard als wenig anstrengend. Patrick war sehr beflissen, aber nervös und unsicher, er bemühte sich sehr, kompetent zu erscheinen und Leonards Gunst zu erlangen. Auch Solange huschte einige Male mit Papieren in sein Büro, doch die Atmosphäre bei *A&A Consulting* war so angespannt und führte zu so vielen Überstunden, daß sie sich nur kurz zulächelten, aber keine Kraft hatten, sich später noch privat zu treffen.

Nach der ersten Woche ließ der Druck nach, jetzt waren die Beraterteams gefordert, die sich durch diese Unmengen Unterlagen erstmal durchbeißen mußten, bevor sie zur eigentlichen Arbeit kamen. Solange schickte Leonard eine Message, daß sie sich freuen würde, wenn er in den nächsten Tagen zum Essen zu ihr käme. Leonard sagte freudig zu, selbst ihm war das Roboterdasein der letzten Tage aufs Gemüt geschlagen.

Solange war keine große Köchin, doch ein paar Gerichte beherrschte sie ganz gut. Es gab Putengeschnetzeltes in Gorgonzola-Sauce, Kaiserschoten und Dampfkartoffeln, zum Nachtisch *Vermicelles* mit Sahne.

Als Leonard das Wohnzimmer betrat, war der Tisch bereits gedeckt. Für ihn stand eine Flasche *Acqua Panna* auf dem Tisch und für sie eine geöffnete Flasche *Fendant* im Kühler. Er begrüßte sie auf seine provokante Art, wie er es meistens tat, wenn sie allein waren. Wortlos faßte er mit seiner rechten Hand nach ihrer Brust, legte die Linke auf ihren Hintern und küßte sie hart auf den Mund. Solange hatte dies zu Beginn ihrer Beziehung witzig gefunden, jetzt fand sie es allmählich abgeschmackt. Sie hätte sich eine zärtlichere Begrüßung gewünscht, wußte aber nicht, wie sie es ihm beibringen sollte. Sie löste sich aus seiner Umklammerung.

"Ich sehe, die Arbeit hat dich noch nicht umgebracht..."

"Nein, aber ich bin froh, daß du dich gemeldet hast... danke für die Einladung..."

"Nicht der Rede wert... ich muß ja auch essen..."

Die Art, wie sie Leonard anlächelte, strafte ihre Worte Lügen.

"Komm setz dich... wär' schade, wenn's kalt wird..."

Leonard nahm am Tisch Platz, Solange eilte in die Küche und kam mit zwei gefüllten Tellern zurück. Sie goß ihm Wasser ein und sich etwas von ihrem Wein.

"Hast du nicht Lust auf einen Schluck Wein? Dieser *Fendant* ist so schön fruchtig und leicht..."

Wie immer, wenn Leonard etwas zu nahe ging, versteifte sich sein sonst so verbindliches Wesen.

"Nein, du weißt doch, daß mir das nichts sagt..."

Eine Weile aßen sie schweigend, Solange mit Genuß, Leonard mechanisch, als erfülle er eine Pflicht. Auch in dieser Hinsicht war er für sie ein Rätsel, er, von der Erscheinung her ein Sinnbild der Sinnlichkeit, blockte außer Sex instinktiv alles ab, was ihn aus sich herauszulocken drohte. Solange nahm einen Schluck von ihrem Wein und bemühte sich um ein Gespräch.

"Wenn draußen die Sonne scheint und wir in unserem Treibhaus vor unseren Computern sitzen, denke ich oft, wir sind im Irrenhaus..."

"Sind wir auch... doch dafür, daß wir Irren drinnen den Verrückten draußen sagen dürfen, was sie zu tun haben, um den Anschluß an die Welt nicht zu verlieren, werden wir ganz gut bezahlt..."

"Glaubst du, daß es ewig so weitergeht?"

"Daß was weitergeht?"

"Dieses Hase-und-Igel-Spiel?"

"Was meinst du damit"

"Einer baut ein Haus mit fünf Stockwerken, der nächste, nur um ihn zu übertreffen, mit fünfzig und immer so weiter... bis man die Spitzen der Wolkenkratzer nicht mehr sieht..."

Leonard nahm einen Schluck Wasser und schob den leeren Teller zurück, er wirkte hilflos, er fühlte sich angegriffen.

"Was ist so schlimm daran, Arbeitsabläufe zu optimieren? Ich fahre lieber im Zug mit als hinterher zu rennen, mich am Handlauf festzuklammern und zu versuchen aufzuspringen..."

Solange langte über den Tisch und tätschelte Leonard den Arm. Sie hätte gerne noch weitergebohrt, doch sie wollte die Stimmung nicht verderben.

"Du bist eben das geborene Arbeitstier..."

Sie stand auf und und griff nach den leeren Tellern.

"Aber meinen Nachtisch mußt du unbedingt probieren..."

Als sie eine der beiden Schalen mit *Vermicelles*, garniert mit einer Haube Schlagsahne, vor ihm abstellte, wurde Leonard plötzlich ganz still. Reglos, fast versonnen, starrte er auf das Dessert vor sich. Verwundert sah Solange ihn an.

"Was ist? Habe ich etwas falsch gemacht?"

Allmählich kam wieder Leben in Leonard.

"Nein, nein... alles ist gut... das ist die Nachspeise, die ich mir als Kind immer zum Geburtstag wünschte..."

Er sah auf, und in seinem Blick lag eine Weichheit, die sie noch nie an ihm wahrgenommen hatte, er pflegte sein Gegenüber sonst ausnahmslos forschend, fast ohne Lidschlag, zu fixieren.

"Du erzählst nie etwas aus deiner Kindheit..."

Doch der magische Augenblick war vorbei. Leonard zuckte mit den Schultern, ergriff die Gabel und begann beinahe ehrfürchtig von seinem *Vermicelles* zu essen.

"Die Kindheit? Die ist doch für alle gleich... ich blicke lieber in die Zukunft..."

Sie gingen bald zu Bett, und das übliche Ritual begann. Leonard zeigte sich wie immer sehr behutsam und rücksichtsvoll, was bei seiner ausgeprägten Libido nicht selbstverständlich war. Ob es am Wein lag oder ihren vergeblichen Bemühungen, ihn zum Reden zu bringen, diesmal störte Solange seine übertriebene, beinahe roboterhafte Fürsorglichkeit. Es hätte ihr nichts ausgemacht, wenn er nach einer Weile zärtlichen Bemühens einfach in sie eingedrungen wäre oder sie nur eng aneinander gekuschelt ihrem Atem gelauscht hätten, stattdessen schien es, als müßte Leonard eine Aufgabe bewältigen, für die er streng benotet wurde.

Als es vorbei war, drängte sich Solange eng an Leonard, der schwer atmend auf dem Rücken lag, und streichelte ihn zart über Kopf und Schultern. Nicht zum ersten Mal, aber heute besonders, spürte sie eine Leere und Traurigkeit, die von ihm ausging und vollkommen im Widerspruch zum eben Erlebten stand. Statt wärmende Nähe erzeugte in ihm die Erfüllung seines sexuellen Begehrens offenbar Kälte und Distanz, unabhängig davon, wie sie es empfand. Sie setzte schon zum Flüstern an, um ihn zu trösten, merkte aber noch rechtzeitig, wie absurd das war. So wünschte sie ihm nur eine gute Nacht und richtete sich in Embryostellung zum Schlafen ein.

Als Leonard frühmorgens vom Schnarren seiner *Memovox*-Armbanduhr geweckt wurde, merkte er gleich, daß etwas nicht stimmte. Die Bettdecke neben ihm, die sich gewöhnlich über der tief schlafenden Solange wölbte, lag flach auf dem Laken, von Solange keine Spur. Er ging ins Bad, wo sie auch nicht war, ebensowenig im Wohnzimmer. Leonard kleidete sich an und verließ die Wohnung. Es war frisch, und er schritt rasch auf seinen *Maserati* zu, faßte gleichzeitig in seiner Hosentasche nach dem Autoschlüssel und fand ihn nicht. Er wollte schon umkehren, als er auf der Beifahrerseite jemanden sitzen sah. Vorsichtig näherte er sich seinem Auto von hinten, packte den Türgriff und riß heftig daran. Die Tür flog auf, und Solange starrte ihm entgegen. Er warf die Tür wieder zu, ging um das Auto herum, setzte sich ans Steuer und sah Solange an, als ob sie eine Erscheinung sei.

"Was zum Teufel machst du hier?"

Solange blickte in das Gesicht eines Fremden, das Animalische in seinem Wesen sprang sie förmlich an.

"Falls das eine Überraschung sein soll, ist sie dir gelungen... was soll das?"

Solange wirkte auf einmal kleinlaut.

"Es ist vielleicht dumm von mir... aber als ich nicht schlafen konnte, habe ich etwas beschlossen..."

Leonard drehte sich bedrohlich zu ihr herum.

"Und das wäre?"

"Ich möchte einmal deine Wohnung sehen... jetzt... ich war noch nie bei dir..."

Leonard setzte sich wieder gerade hin und sah nach vorne durch die Frontscheibe. Seine Stimme klang plötzlich, als ob sie von tief unten käme.

"Wenn du mit mir im Frieden leben willst, dann komm' mir nicht mit solchen Forderungen..."

"Mit dir im Frieden leben? Sind wir denn im Krieg?"

"So lange du auf deinem Wunsch beharrst... ja..."

"Sowas Verrücktes...ich will doch nicht bei dir einziehen..."

Solange sah prüfend zu Leonard hinüber. Steif und blaß und voller Abwehr saß er am Steuer. Sein Herz pochte, und durch sein Hirn zuckten wild und verworren die düstersten Gedanken. Sie würde sich nicht damit begnügen, seine Wohnung zu sehen, immer tiefer würde sie in sein Leben hineinkriechen, er dachte an seine Mutter, die sie irgendwann entdecken würde, und erschauerte.

"Du verstehst das nicht... es ist... es geht nicht um meine Wohnung..."

"Worum geht es dann?"

Leonard hob seinen Kopf und ließ ihn wieder fallen.

"Ich kann das nicht..."

"Du kannst was nicht?"

"Darüber reden..."

Solange legte sachte eine Hand auf seinen Arm.

"Dazu bin ich doch da..."

Heftig entzog er ihr den Arm.

"Solange, du quälst mich..."

Fröstelnd lehnte sie sich zurück und legte die Arme um sich.

"Ich weiß nicht, was du für ein Problem hast, aber du machst mir angst..."

Seine dunklen Augen tasteten über ihr Gesicht, es war wie ein stummer Hilferuf, doch Solange fühlte sich abgelehnt und überfordert. Sie tastete nach dem Türgriff.

"Es war eine schöne Zeit mit dir, Leonard, wirklich... aber das hier geht zu weit..."

Sie zögerte und sah ihn nochmal an, doch er starrte reglos geradeaus. Sie öffnete die Beifahrertür.

"Mach's gut Leonard... aber ruf' mich nicht mehr an..."

Sie rannte so schnell sie konnte zur Haustür zurück und war blitzschnell verschwunden. Leonard atmete tief durch und machte keinen Versuch, sie zurückzuhalten. Er fühlte sich auf eine seltsame Weise erleichtert, als ob er einer großen Gefahr entronnen sei, doch sicher war er sich nicht, denn gleichzeitig spürte er einen Druck in seiner Brust, der ihn auf unerklärliche Weise ängstigte. Zuhause spulte er seine morgendliche Routine ab, die ihn für kurze Zeit beruhigte.

10

In den nächsten Tagen konzentrierte sich Leonard voll auf die Arbeit bei *A&A Consulting*. Wenn er mal seinen Bürokäfig verließ und an Solanges Arbeitsplatz vorbeikam, hob sie nicht den Kopf, oder, falls es sich doch zufällig gerade ergab, lag kein besonderer Ausdruck auf ihrem Gesicht. Er hatte sich nicht viele Gedanken gemacht über ihre Beziehung, doch jetzt vermißte er ihre Wärme, ihre Lebendigkeit, ihre rasche Auffassungsgabe und ihre Lachlust, die daher rührte, daß sie das Leben von der heiteren Seite betrachtete. Immer wieder vergegenwärtigte er sich den Augenblick, als sie frühmorgens in seinem Auto saß und den Wunsch äußerte, seine Wohnung zu sehen, und er war sich immer noch nicht darüber schlüssig geworden, was das in ihm ausgelöst hatte. Angst, Abwehr, ja – aber wovor? Oder hatten ihn die Umstände und ihre direkte Forderung derart erzürnt? Er kaute darauf herum und versuchte es herunterzuschlucken, doch es kam immer wieder hoch.

Zu Beginn des Arbeitstags versammelten sich die vier Zweierteams regelmäßig im kleinen Konferenzraum, der die Büros von Akerman und Abel voneinander trennte und etwa zwanzig Personen Platz bot. Beide Chefs nahmen an diesen Besprechungen teil, die dazu dienten, alle Beteiligte auf den neusten Stand zu bringen. Außer Mia waren noch zwei weitere Beraterinnen eingebunden, die überraschend ein eigenes Team bilden durften. Es herrschte eine äußerst angespannte Atmosphäre, nicht nur, weil jede Wortmeldung auf die Goldwaage gelegt wurde, sondern auch, weil alle nur ungern ihre Karten auf den Tisch legten, um ihren Konkurrenten mit ihren Informationen nicht unnötigerweise einen Vorteil zu verschaffen. Auch wenn jedem klar war, daß dieser Auftrag für die Firma eine große Herausforderung darstellte, fand ein Abtasten und Locken mit Fangfragen statt, das dem Zweck der Zusammenkunft deutlich widersprach. Akerman und Abel war dieses Dilemma bewußt, geschickt lavierten sie durch die Sitzungen und sorgten dafür, daß jedem klar war, worum es ging und welche Strategien sich als am aussichtsreichsten zu verfolgen lohnten. Sehr bald kristallisierte sich heraus, daß der Auftraggeber aufgrund seiner bisherigen Ausrichtung am ehesten in den Bereich *Wasserstofftechnik* expandieren sollte, doch wie und was für Firmen für eine Kooperation in Frage kamen, sollten wiederum die einzelnen Teams im Detail ausarbeiten. Nach der Besprechung verzog sich Leonard mit Patrick wieder in sein Büro und war froh, daß sein Hirn für eine Weile wieder neue Nahrung hatte und er nicht dauernd an die häßliche Abschiedsszene mit Solange denken mußte.

Am Wochenende änderte Leonard nichts an seinem Morgen- und Aufstehritual. Am Samstag kaufte er für die ganze Woche ein und besorgte sich DVDs mit Action- und Horrorfilmen, da er bei den Streamingdiensten keine entsprechenden Angebote gefunden hatte, die er noch nicht kannte. Am Nachmittag beschäftigte er sich ausführlich mit seinen Anlagen, verkaufte da eine Aktie und erwarb dort ein paar neue von Firmen dazu, die demnächst hohe Dividenden an ihre Aktionäre ausschütten würden. Doch auch wenn er durchgehend beschäftigt war, hielt er immer wieder inne, als ob ihm etwas entfallen sei, an das er sich dringend erinnern mußte. Und dann überfiel ihn wieder dieses diffuse Gefühl der Bedrohung, das er empfunden hatte, als Solange ihn frühmorgens in seinem Auto überrumpelt und von ihm gefordert hatte, ihr seine Wohnung zu zeigen. Warum gelang es ihm nicht, sich über die Ursache dieses Gefühls klarzuwerden? Woher dieses Unbehagen? Wovor wich er aus? Am Abend schob er eine Tiefkühl-Lasagne in die Mikrowelle, sah *Bruce Willis* bei einem seiner früheren Filmabenteuer zu und ging früh schlafen.

Am Sonntag fuhr Leonard nach seinem Muskeltraining und noch vor dem Frühstück, statt seinen Croßtrainer zu benützen, zu einer Grünanlage und ging ausgiebig joggen. In dem hügeligen Gelände testete er mit rasanten Sprints bergauf mehrmals seine Grenzen aus und trabte schließlich müde, aber zufrieden zu seinem Auto zurück. Kurz vor dem Ausgang des Parks sah er schon von weitem eine Gestalt am Boden liegen, die sich schmerzvoll krümmte und mit beiden Händen stöhnend nach dem linken Fußgelenk griff. Er beschleunigte seine Schritte und blieb neben ihr stehen.

"Kann ich Ihnen helfen?"

Es war eine junge Frau, ebenfalls im Jogginganzug, die überrascht zu ihm aufsah, sie hatte ihn nicht kommen hören.

"Oh, hallo..."

Sie knetete wieder ihren Fußknöchel.

"Sowas Idiotisches... bin über meine eigenen Füße gestolpert und dabei umgeknickt..."

Leonard kniete sich neben sie.

"Kommen Sie, ich helfe Ihnen auf..."

Die junge Frau setzte sich auf, zog die Beine zu sich heran und musterte Leonard aus dunklen, fast schwarzen Augen mit einem abschätzenden Blick. Ihre schweißnassen, sandfarbenen Haare hatte sie zu einem Pferdeschwanz gebunden.

"Ich fürchte, ich kann auf diesem Bein nicht stehen..."

"Versuchen Sie's..."

Leonard streckte seine Hand aus, die sie zögernd ergriff. Sie ließ sich langsam hoch ziehen und versuchte auf dem linken Bein zu stehen, gab aber sofort einen Schmerzenslaut von sich.

"Aaahhh... das schaff' ich nicht..."

Sie verharrten einen Augenblick in dieser Stellung, die Frau auf einem Bein balancierend, ihre rechte ausgestreckte Hand von Leonards Fingern wie zu einem Handkuß umfaßt. Sie mußten beide lachen, und Leonard schüttelte den Kopf.

"Wir machen das anders, ich werde Sie stützen..."

Leonard legte sanft seinen rechten Arm um ihre Taille. Sie war schlank mit einer sehr femininen Figur.

"Kommen Sie, mein Auto steht ganz in der Nähe, ich fahre Sie ins Krankenhaus..."

Er machte einen Schritt vorwärts und wollte sie mit sich ziehen, doch sie rührte sich nicht.

"Nicht ins Krankenhaus... ich habe eine Freundin, die ist Krankenschwester, die rufe ich an..."

"Dann fahre ich Sie nach Hause..."

Leonard zog sie enger an sich, und mit einem leisen Zögern legte sie ihren linken Arm um seinen Nacken. Zusammen schoben sie sich gemächlich auf sein Auto zu. Er roch ihre frische Ausdünstung, in die sich ein Parfüm und der Geruch von Waschpulver mischte. Er fragte sich, wie er wohl auf sie wirkte, er war schweißnaß wie sie und kam ihr ziemlich nahe. Doch es schien sie nicht zu kümmern, von der Seite warf sie ihm einen flüchtigen Blick zu.

"Ich heiße übrigens Berenice..."

"Leonard..."

Vor dem Auto blieben sie stehen, und ohne sie loszulassen, holte Leonard den Autoschlüssel aus seiner Jogginghose und entriegelte die Türen per Knopfdruck. Berenice schürzte beeindruckt die Lippen.

"Schickes Teil, das Sie da haben..."

"Ja, gefällt mir auch..."

Wie ein Paar schauten sie ehrfürchtig auf den *Maserati*, er mit seiner Hand auf ihrer Hüfte, sie mit ihrem Arm um seinen Nacken, und mußten wieder lachen. Leonard schob Berenice sachte zur Beifahrertür. Sie zögerte und sah ihn hilfesuchend an.

"Was ist mit den Polstern? Ich bin doch ganz verschwitzt..."

"Auf dem Sitz liegen Handtücher... wenn ich joggen gehe, habe ich immer welche dabei..."

Sie breitete ein Handtuch aus und ließ sich vorsichtig auf den Sitz gleiten. Leonard tat das gleiche und setzte sich ans Steuer.

"Jetzt müssen Sie mir nur noch verraten, wo Sie wohnen..."

"Es ist nicht weit... fünf Minuten zum Laufen..."

Leonard fuhr los, lässig glitt er dahin, der Achtzylinder bullerte mit gebändigter Kraft. Sollte Berenice erwartet haben, daß er sie mit der Beschleunigung seines Autos beeindrucken würde, so hatte sie sich getäuscht. Ohne etwas zu sagen, sah sie auch prompt zu ihm hinüber und sah ihn erstaunt an. Leonard lächelte.

"Es ist beruhigend, ein bißchen was unter der Haube zu haben, aber man muß es nicht unbedingt zeigen..."

Prüfend sah sie ihn aus ihren dunklen Augen an und sah wieder stumm nach vorne. Ein eigenartiges Gefühl der Vertrautheit ergriff Besitz von ihm, und er wünschte, sie wären länger unterwegs. Doch nach ein paar Ampeln waren sie plötzlich da. Leonard hielt, ging ohne Hast um das Auto herum und half Berenice beim Aussteigen. Sie hielt sich an der Tür fest.

"Vielen Dank, das war wirklich großzügig von Ihnen... den Rest schaffe ich alleine..."

Sie machte Anstalten, auf einem Bein zur Haustür zu hüpfen, doch Leonard faßte sie wieder um die Taille.

"Dummes Zeug... ich bringe Sie bis zu Ihrer Wohnung, dann können Sie Ihre Freundin anrufen..."

Berenice erwiderte nichts, doch in ihren dunklen Augen sah er ein Lächeln aufglimmen, und ihr linker Arm lag wieder um seinen Nacken. Vor ihrer Wohnungstür wurde er etwas ratlos und reichte ihr eine seiner Karten, eine seiner neutralen, ohne Berufsangabe.

"Ich würde mich freuen, wenn Sie mich anrufen würden... ich möchte gerne wissen, wie es Ihnen geht..."

Auch Berenice war ernst geworden. Sie sah Leonard lange an und nickte.

"Das werde ich bestimmt..."

Sie nickte ihm noch einmal zu und war so schnell in der Wohnung verschwunden, als ob sie fürchtete, zu viel oder etwas Falsches zu sagen.

Angespannt stieg Leonard wieder in sein Auto, lenkte es nach einer Weile urplötzlich auf die Autobahn und drückte zehn Minuten lang das Gaspedal durch, als säße er in einem Flugzeug und versuchte mit aller Macht abzuheben. Zu Hause setzte er sich an seinen Computer und stöberte im Internet nach den neusten Informationen über Marktentwicklungen, die für seine Arbeit von Bedeutung sein konnten, wie er es jeden Sonntag tat, doch er merkte, daß diesmal nichts haften blieb, eine seltsame Hochstimmung hinderte ihn daran. Seine Gedanken schweiften immer wieder zu Berenice ab und seiner Begegnung mit ihr im Park. Die enge Berührung ihrer schweißnassen Körper und ein paar intensive Blicke hatten genügt, um ihn Solange vergessen zu lassen, doch wie sah es bei Berenice aus? Würde sie ihn tatsächlich anrufen, wie sie versprochen hatte? Irgendwann geriet er ganz zufällig auf die *YouTube*-Seite von *David Bowie* und dessen Song *Heroes,* starrte auf das Schwarzweißfoto mit der Zigarette im Mundwinkel, während er dem Song lauschte, und hob ab, wie es ihm vorher mit seinem *Maserati* nicht gelungen war.

11

Die folgenden Tage verbrachte Leonard im intensiven Austausch mit Patrick, der sich als verläßlicher Teamplayer erwies. Ob er darauf spekulierte, daß Leonard ihn bei Akerman lobte oder ob es einfach seine Art war – um das herauszufinden, fehlte Leonard die Zeit. Über die Phase der Recherchen waren sie längst hinaus, auch wenn sie ständig ergänzende Studien in Auftrag gaben, deren Ergebnisse sie später einarbeiten wollten, sie bastelten jetzt am Aufbau der Broschüre, die als Grundlage für den Umbau des Autozulieferers dienen sollte. Es wurde ernst, *A&A Consulting* war noch nie mit einer ähnlich anspruchsvollen und komplexen Aufgabe betraut worden. Von der Qualität der Lösungen, die sie anboten, hing es ab, ob der Auftraggeber als Firma fortbestand, in welcher Form auch immer, und da dies im wesentlichen auch einen Blick in die Zukunft bedingte, war keiner so vermessen zu behaupten, das einzig richtige Rezept zu kennen, dennoch wurde genau das erwartet.

Am Mittwoch bekam Leonard von Berenice endlich eine Nachricht auf sein Smartphone. Sie lud ihn für nächste Woche zu sich nach Hause zum Essen ein und bat um Rückmeldung. *Mit dem Fuß habe ich Glück gehabt, es ist nur eine Bänderdehnung.* Die ganze Zeit über hatte er sich voll auf seine Arbeit konzentriert, doch insgeheim hatte er immer darauf gehofft, daß sie sich bei ihm meldete. Er antwortete nicht gleich, um nicht zu verraten, wie ungeduldig er darauf gewartet hatte, auch wenn er das vor sich herunterspielte. Trennungen in der Vergangenheit, die gewöhnlich von den Frauen ausgingen, hatte er nicht weiter ernstgenommen, als Launen abgetan und sofort abgehakt. Er hatte nie lange gebraucht, eine neue Freundin zu finden, meist war das zufällig und ungeplant geschehen, und es war bis auf die Beziehung mit Solange in der Regel auf der Ebene der Unverbindlichkeit geblieben. Vorfreude, verbunden mit einer leichten Beklemmung wie diesmal vor der ersten Verabredung, war für ihn neu. Sie einigten sich auf kommenden Dienstag abend, und bis dahin kam Leonard seine Welt zum ersten Mal etwas beengt vor, und die Zeit dehnte sich.

Für seinen Besuch bei Berenice hatte Leonard seit langem wieder einen Blumenladen betreten und erschrak über die wächserne Herrlichkeit, die ihm überall aus Töpfen und Vasen entgegenprangte. Mithilfe einer erfahrenen Verkäuferin entschied er sich für einen bunten Strauß einfacher Feldblumen, die ihm authentischer und kraftvoller erschienen als all die Züchtungen in ihrer unnatürlichen Farbenpracht. Leonard achtete darauf, pünktlich zu erscheinen, jedoch nicht zu pünktlich, und wurde von Berenice herzlich empfangen.

"Oh, guten Abend! Bitte, kommen Sie doch herein..."

Sie legte ihm eine Hand auf die Schulter, schob ihn sachte in die Wohnung und schloß die Tür hinter ihm. Sie trug ein schlichtes, figurbetontes Kleid in Türkis, keine Hose, was ihm sofort angenehm auffiel, und ihr linkes Fußgelenk war nur noch leicht bandagiert. Er hatte sich für Jeans, ein lässiges weißes T-Shirt und ein anthrazitfarbenes Leinenjacket entschieden. Lächelnd hielt er ihr den üppigen Blumenstrauß hin.

"Hier... jede einzelne Blume habe ich persönlich ausgesucht..."

Bewundernd nahm sie die Blumen entgegen und schnupperte daran.

"Oh, vielen Dank! Das ist aber sehr großzügig von Ihnen..."

"Nicht der Rede wert... wie geht es Ihrem Fuß?"

"Ich spüre nur noch ein leichtes Ziehen... ich habe wirklich Glück gehabt..."

Sie machte ein paar Schritte in die Wohnung und drehte sich nach ihm um.

"Kommen Sie, machen Sie es sich im Wohnzimmer bequem, ich hole eine Vase..."

Berenice eilte in die Küche, und ohne den Tapeverband wäre man nicht auf die Idee gekommen, daß sie sich vor gut einer Woche den Fuß verdreht hatte. Leonard schlenderte ins Wohnzimmer und nahm aus den Augenwinkeln wahr, daß es außer Bad und Küche noch zwei weitere Zimmer gab, eines davon, das offenstand, war nicht viel größer als eine Kammer und diente als Arbeitszimmer, das andere war verschlossen und offenbar das Schlafzimmer. Das Wohnzimmer war um einen Glastisch herum mit einer durchgesessenen, aber bequemen Couchgarnitur aus dunkelrotem Leder eingerichtet, im Eßbereich standen ein alter rustikaler Holztisch und vier alte Polsterstühle. Es gab kein Deckenlicht, nur Stehlampen oder Deckenstrahler, die für ein gedämpftes, intimes Licht sorgten. Der Tisch war gedeckt, jedoch ohne Tischtuch, sodaß das gemaserte, tausendfach gescheuerte Holz voll zur Geltung kam. Auf dem Glastisch in der Sitzecke lag ein Silbertablett, auf dem ein weißer *Crémant d'Alsace* von *Arthur Metz* in einem Weinkühler darauf wartete, geöffnet zu werden, dazu zwei Kristallgläser, daneben eine Flasche *Volvic*.

Kaum hatte Leonard in der Sitzecke Platz genommen, war Berenice mit den Blumen in einer bauchigen Glasvase zurück, stellte sie auf dem Glastisch ab und setzte sich zu ihm.

"Sie sind wirklich wunderschön... im Sommer pflücke ich mir immer selber welche..."

Sie griff nach der Weinflasche, und Leonard rang mit

sich. Sollte er jetzt alles verderben und den Überempfindlichen spielen? Doch wenn er jetzt nicht sagte, daß er keinen Alkohol trank, mußte er eine Rolle spielen, die ihm nicht behagte, und das ging nicht lange gut. Also überlegte er sich die richtigen Worte.

"Hören Sie, Berenice... es klingt vielleicht etwas zickig, aber ich trinke keinen Alkohol... aber machen Sie die Flasche ruhig auf, ich schaue Ihnen gerne zu..."

Berenice, die Flasche in der erhobenen Hand, sah Leonard überrascht an.

"Sie trinken nicht? Das ist das erste Mal, daß ich das von einem Mann höre..."

Sie ließ die Flasche wieder in den Weinkühler zurückgleiten und schien eher angenehm angetan als irritiert. Mit einem befreiten Lächeln blickte sie Leonard an.

"Gottseidank.. ich meine... ich trinke gerne mal einen Schluck, aber ich kann auch gut darauf verzichten... mein Vater war Alkoholiker, und er ist daran gestorben..."

"Das tut mir leid..."

"Es war hart, aber es war kaum mehr zu ertragen..."

Berenice belebte sich sogleich wieder, griff nach der Wasserflasche, füllte die beiden Kristallgläser und hob ihres Leonard mit blitzenden Augen entgegen. Silbrig klangen die Gläser aneinander.

"Auf uns beide, die wir nie den Rausch der Sinne erleben werden..."

"...oder vielleicht auf andere Weise?"

Lachend nippten sie an ihren Gläsern, dann erhob sich Berenice wieder.

"Ich schlage vor, wir kürzen das Prozedere ab, und ich kümmere mich ums Essen..."

Leonard stand ebenfalls auf.

"Einverstanden... ich helfe Ihnen dabei..."

Zusammen gingen sie in die Küche, wo die Speisen in Töpfen und Pfannen warmgestellt waren. Es gab Zanderfilet an einer Kapernsauce, Basmatireis und in Butter gedünsteten Fenchel, dazu frische Baguette. Leonard wiegte anerkennend den Kopf.

"Da haben Sie sich aber ganz schön viel Mühe gemacht..."

Berenice verteilte das Essen auf die Teller.

"Ich koche gerne, doch für mich allein macht es keinen Spaß..."

"Geht mir genauso..."

Sie reichte ihm einen Teller, nahm den anderen und den Brotkorb mit. Im Wohnzimmer setzten sie sich am Eßtisch gegenüber, und Berenice holte noch rasch die Wasserflasche aus der Sitzecke. Bewundernd sah Leonard sie an.

"Also, das übertrifft alles, was ich erwartet habe... nochmal vielen Dank für die Einladung..."

Berenice lächelte strahlend zurück.

"Das haben Sie sich verdient... außerdem hilft es gegen den Alltagstrott..."

Sie griff nach dem Besteck.

"Guten Appetit..."

"Danke, ebenfalls..."

Sie fingen beide mit gutem Appetit zu essen an, und für Leonard bestätigte sich nur, was seine Augen bereits festgestellt hatten, das Essen schmeckte vorzüglich.

"Ausgezeichnet... Sie sind nicht zufällig Köchin in einem Luxusrestaurant?"

Berenice lachte geschmeichelt.

"Weit gefehlt... ich bin Grundschullehrerin und muß mich jeden Tag gegen dreiundzwanzig Besserwisser behaupten..."

"Ist das nicht verdammt stressig?"

"Oh doch, aber ich mache es gerne... es gibt so viele Kinder, die Orientierung brauchen und ein bißchen Zuwendung..."

Berenice ließ die Gabel sinken und verstummte, ihre dunklen Augen fixierten einen Punkt vor dem Brotkorb. Leonard wartete auf die Fortsetzung, und als keine kam, richtete er eine weitere Frage an sie.

"Haben Sie sich diesen Beruf selbst ausgesucht?"

Berenice hob kurz den Blick und schüttelte den Kopf.

"Eigentlich wollte ich Journalistin werden..."

Sie sah plötzlich sehr schutzbedürftig aus.

"Verzeihen Sie, das sind Dinge, die mir sehr nahegehen, und nicht alle haben Verständnis dafür..."

Auch Leonard legte seine Gabel hin und faßte mit seiner Hand sachte nach ihrem Arm.

"Glauben Sie mir... mir können Sie alles erzählen..."

Berenice hob den Kopf und musterte Leonard aus brennenden Augen.

"Wir kennen uns doch kaum..."

Leonard hielt den Blick, ohne zu blinzeln, und sagte nichts.

"Okay, es hat mit meinem Vater zu tun... meine Mutter und ich lebten in steter Furcht vor ihm, seinen Launen, seiner Niedertracht... ich war ein verängstigtes kleines Mädchen..."

Leonard nahm seine Gabel wieder in die Hand und aß ruhig weiter.

"Und jetzt, da Sie es geschafft haben, möchten Sie etwas zurückgeben..."

"Ja, so ungefähr..."

"Aber achten Sie auch darauf, wo Sie selber bleiben?"

"Wie meinen Sie das?"

"Na ja, man kann sich gegenseitig helfen..."

"So, wie Sie mir?"

"Genau, aber man kann die Welt nicht retten..."

"Gut, daß Sie mich daran erinnern..."

Berenice lächelte wieder, nachdenklich zwar, aber erleichtert, nicht zurückgestoßen worden zu sein. Sie hatte wieder Boden unter den Füßen.

"Aber reden wir doch über angenehmere Dinge, über Ihr prachtvolles Auto zum Beispiel... es ist doch ein *Maserati*, stimmt's?"

"Ja, ein *Maserati GranCabrio*..."

"Und was muß man tun, um sich so ein Auto leisten zu können?"

"Ohne die Mafia geht es nicht... nein, im Ernst, ich bin Unternehmensberater..."

Berenice schrak zurück und machte ein unglückliches Gesicht.

"Sind das nicht die Leute, die gundsätzlich zum Personalabbau raten?"

Leonard mußte lächeln.

"Nein, das ist nicht wie in *Pretty Woman*, wir sind keine Zerstörer... meistens führen unsere Empfehlungen dazu, daß sich Firmen umstrukturieren und danach sogar wachsen..."

Eine verlegene Pause entstand, sie hatten ihre Teller leergegessen und sahen sich lange an. Berenice senkte den Blick und bemühte sich, wieder die Gastgeberin zu spielen.

"Möchten Sie noch etwas? Es ist von allem noch genug da..."

"Nein danke, ich bin vollkommen satt..."

"Eine Nachspeise? Ich habe *Crème Brûlée* gemacht..."

"Oh ja, da sage ich nicht nein..."

Berenice wollte aufstehen und mit den beiden Tellern in die Küche gehen, doch in stillem Einvernehmen tat Leonard es ihr gleich, erhob sich ebenfalls und griff nach seinem Teller. In der Küche öffnete Berenice den Kühlschrank und langte nach den zwei Glasschalen mit dem Dessert, doch als sie sich umdrehte, stand Leonard so dicht vor ihr, daß sie sich nicht bewegen konnte. Sie schob die Desserts wieder in den Kühlschrank zurück, schloß ihn mit dem Ellbogen und schlang ihre Arme im selben Augenblick um Leonards Hals, in dem er sie heftig an sich zog. Ihre Lippen preßten sich aufeinander, ihre Münder saugten sich aneinander fest, und zusammen taumelten sie ins Schlafzimmer. Die Tagesdecke segelte auf den Boden, die Kleider flogen hinterher, und im Nu verschmolzen sie zu einem einzigen sich schlängelnden und windenden Körper.

13

Leonard hatte sich wie gewöhnlich ganz früh zu sich nach Hause geschlichen, sodaß sie am Morgen nicht über ihre erste gemeinsame Nacht reden konnten. Beide waren so erschrocken über ihre Hemmungslosigkeit, wenn auch aus unterschiedlichen Gründen, daß sie ein paar Tage verstreichen ließen, ehe sie wieder Kontakt aufnahmen.

Bei ihren früheren Beziehungen hatte sich Berenice instinktiv immer Männer ausgesucht, die in irgend einer Weise ein Problem hatten und die sie bemuttern konnte, ohne die Kontrolle zu verlieren. Daß sich diese jeweils freudig und ohne jegliche Umstände in ihrer Mütterlichkeit einrichteten, ohne daran zu denken, auch etwas für sie zu tun, belastete die Beziehungen immer wieder von neuem so stark, daß es früher oder später regelmäßig zur Trennung kam. Leonard war der erste Mann, der scheinbar nicht in dieses Schema paßte und bei dem sie sich vorbehaltlos hatte fallenlassen, mit einer Wildheit, die sie so nicht von sich kannte und ihr einen richtigen Schock versetzte, jedoch nicht ihretwegen, sondern wegen ihm. Was würde Leonard jetzt von ihr halten?

Leonard wiederum hatte es bis anhin vermocht, sein wölfisches Wesen geschickt zu verbergen und den Eindruck eines kultivierten, hingebungsvollen jungen Mannes zu erwecken, der in Frauen mehr sah als nur ein Lustobjekt. Ausgerechnet Berenice, deren Aura so nachhaltig auf ihn eingewirkt hatte, ihre vielschichtige und tiefgründige Persönlichkeit offenbarend, hatte ihn jetzt als rücksichtslosen Draufgänger erlebt, der hinter der Maske des Verständnisvollen offenbar nur darauf lauerte, seinen *Mr. Hyde* ausleben zu können. Oder bildete er sich das alles nur ein?

So war Leonard nicht unglücklich darüber, daß sich die Situation bei *A&A Consulting* von Tag zu Tag zuspitzte, seine ganze Konzentration erforderte und zum Wochenende auf den Höhepunkt zusteuerte.

Am Freitag nachmittag fand die entscheidende Sitzung mit *A&A* und den vier Zweierteams statt, in der verkündet werden sollte, wie es aussah mit dem großen Auftrag. Alle Blicke waren gespannt auf Akerman gerichtet, der auf seine übliche, sarkastische Art die Versammlung eröffnete.

"Liebe Leute, auch wenn ich mir einen noch enthusiastischeren Einsatz gewünscht hätte..."

Akerman grinste unverschämt in die Runde, die bei diesen Worten nur müde lächeln konnte.

"...haben wir jetzt ein vorläufiges Ergebnis, das hoffentlich zielführend ist. Falls wir Erfolg haben, und das werden wir, wird uns das noch mehr Prestige verschaffen, das wir in diesen harten Zeiten auch dringend brauchen..."

Unruhige Blicke wurden zwischen den Angesprochenen gewechselt.

"Um es kurz zu machen: Leonard Lansing und Patrick Schuster haben uns mit ihrem Entwurf am meisten überzeugt..."

Leonard und Patrick versuchten, keine Miene zu verziehen, während bei den anderen ein deutlicher Spannungsabfall zu beobachten war. Abel nutzte die Situation aus, indem er Leonard einen unangebracht langen, taxierenden Blick zuwarf.

"...was nicht heißt, daß er perfekt ist. Einige Vorschläge der anderen Teams, die wir ausgewählt haben, müssen noch hineingearbeitet werden..."

Akerman suchte kurz den Blickkontakt mit Abel, der neben ihm saß und ihm unmerklich zunickte.

"...und wir haben beschlossen, daß Mia Faber das Team ergänzen und die beiden bei den langwierigen Gesprächen mit unseren Auftraggebern unterstützen soll..."

Leonard und Mia wechselten einen Blick. Es war eine Entscheidung, die für beide eine Genugtuung bedeutete. Leonard hatte Mias kompetente Art, mit Kunden umzugehen, und ihren Sachverstand schätzengelernt, für sie bedeutete es ein Aufwertung ihrer Stellung in der Firma. Akerman erhob wieder seine Stimme.

"Bitte bedenken Sie, Stillstand bedeutet Tod, ein solches Projekt ist nie abgeschlossen, unsere Kunden wollen uns mit Vollgas auf der Überholspur sehen..."

Akerman legte die Hand auf das Memo, das an alle Anwesende verteilt worden war, und schob es ein paar Zentimeter vor.

"Lesen Sie das genau durch... ab Montag geht es um die Strategie... Mia, Patrick und Leonard pünktlich um acht bei mir, von den übrigen Teams erwarte ich bis dahin die schriftliche Präzisierung der Punkte, die wir zur Ergänzung benötigen. Mein Sekretariat hat diese Punkte markiert, Sie finden die Info in Ihrer persönlichen Mail..."

Ein Berater aus einem der unterlegenen Teams meldete sich unsicher zu Wort.

"An wen gehen diese Unterlagen?"

"Direkt an mich... sonst noch Fragen?"

Akerman sah kurz in die Runde, raffte seine Unterlagen zusammen und ergriff zum letzten Mal das Wort, wieder begleitet von seinem unsäglichen Grinsen.

"Bleiben Sie sauber und halten Sie sich von Drogen fern..."

Akerman und Abel standen auf und verließen grußlos und leise miteinander flüsternd den Konferenzraum. Mia stellte sich strahlend neben Patrick und Leonard, die übrigen Beraterinnen und Berater liefen still und mit gesenkten Köpfen an ihnen vorbei. Leonard legte Mia einen Arm um die Schultern.

"Schön, dich wieder im Team zu haben..."

14

Das gesamte Wochenende verging in fieberhafter Vorbereitung. Mia und Patrick saßen fast ununterbrochen mit Leonard in dessen Wohnung zusammen, ließen sich exotisches Essen bringen, gingen ihren Vorschlag durch und besprachen ihr gemeinsames Vorgehen.

Am Montag wurden sie von Akerman nochmal intensiv auf ihre Aufgabe eingeschworen, diesmal ohne seine berüchtigten Anspielungen, und bekamen zu diesem Zweck detaillierte Unterlagen zu ihren Gesprächspartnern, die auch ins sehr Persönlich-Intime gingen. Am Dienstag wurde das Dokument, das den Strukturwandel begründen und einleiten sollte, endgültig fertiggestellt, und Leonard setzte sich mit Berenice in Verbindung, weil er sie unbedingt sehen wollte, bevor der ganze Rummel mit den Beratungsterminen losging.

Sie trafen sich im Park, genau an der Stelle, wo Berenice gestolpert und hingefallen war. Es war lange nach Sonnenuntergang und daher wieder winterlich kühl, doch Leonard hatte sich nicht früher freimachen können. Beide waren verlegen und wußten nicht so recht, wie sie sich begegnen sollten, nur an ihrer gegenseitigen Anziehung hatte sich nichts geändert. Sie lächelten sich an, umarmten sich wortlos und schlenderten engumschlungen den dunklen, von trübem Laternenlicht nur spärlich erhellten Pfad entlang, der um den Park herumführte. Leonard brach als erster das Schweigen.

"Es gibt etwas, was mir die ganze Zeit im Kopf herumspukt und das ich wirklich bereue..."

Erschrocken wandte sich Berenice Leonard zu, doch es war zu dunkel, um in seinen Gesichtszügen zu lesen.

"Oh! Das tut mir aber leid... was ist es denn?"

"Daß ich nicht dazu kam, deine *Crème Brûlée* zu probieren..."

Scherzhaft stieß sie ihm ihren Ellbogen in die Rippen.

"Ach, so ist das... dann weiß ich jetzt wenigstens, warum du nicht ganz bei der Sache warst..."

Ein erlösendes Lachen schüttelte sie beide, und eine Weile gingen sie weiter stumm nebeneinander her, bis diesmal Berenice das Schweigen brach.

"Es war wie ein Dammbruch... so etwas habe ich noch nie erlebt..."

Furchtsam sah sie ihn von der Seite an.

"Sowas sollte eine Frau eigentlich nicht sagen... damit macht man den Männern doch nur angst..."

Leonard lächelte still in sich hinein.

"Da hat man mir schon erschreckendere Geständnisse gemacht..."

Sie legte ihren Arm fester um ihn, und leiser fuhr sie fort.

"Ich hoffe sehr, das war erst der Anfang... ich meine, daß wir uns jetzt öfter sehen... ich bin auch im angezogenen Zustand neugierig auf dich..."

"So ein Pech... ich dachte, ich hätte endlich meine Bestimmung gefunden..."

Auch Leonard drückte Berenice fester an sich.

"Nein, im Ernst... ich empfinde genauso wie du..."

Ein paar Schritte gingen sie wieder schweigend.

"Es wird nur etwas schwierig in der nächsten Zeit, ich werde öfter für ein paar Tage verreisen müssen und auch sonst bin ich sehr im Druck..."

"Mach' dir keine Gedanken... ich freu' mich einfach, wenn's klappt..."

Sie waren wieder am Ausgangspunkt angelangt, und es gab einen Moment der Verunsicherung. Berenice sah Leonard fragend an.

"Wo steht dein Auto?"

"Habe ich vor deiner Haustür geparkt..."

Wieder das befreiende Lachen, dann hob Berenice drohend den Finger.

"So schätzt du mich also ein... aber Vorsicht... ein Selbstläufer ist das nicht..."

Sie nahmen sich an den Händen und liefen den kurzen Weg zu ihrer Wohnung. Es war noch nicht spät, dennoch gingen sie ohne Umschweife gleich zusammen ins Bett. Das Erlebnis war so intensiv wie beim ersten Mal, doch sie genossen es mehr, weil sie wußten, was sie erwartete. Nachdem sie wieder zur Ruhe gekommen waren, ließ Leonard eine Weile verstreichen, bevor er sich mit Bedauern erhob, um den Rest der Nacht bei sich zu Hause zu verbringen. Ihre Bekanntschaft war noch zu frisch und die Umstände ihres heutigen Treffens zu atemlos, als daß Berenice daran Anstoß genommen hätte. Sie verabschiedete ihn mit einer Umarmung und einem Kuß, was ihn noch bis zum nächsten Tag schweben ließ.

15

Die kommenden Wochen waren geprägt von Hektik und anstrengenden Improvisationen, was Leonard dank seiner extremen Disziplin sehr entgegenkam. Um dem Beginn ihrer Zusammenarbeit und dem von *A&A Consulting* vorgelegten Innovationskatalog die gebührende Beachtung zu verschaffen, ließ es sich Akerman nicht nehmen, das erste Gespräch seines Berater-Trios mit den Führungskräften des Autozulieferers medienwirksam mit seiner Anwesenheit zu beehren. Er lobte seine Mitarbeiter in den höchsten Tönen und profilierte sich gleichzeitig als Magier der Branche, der seiner Konkurrenz stets einen Schritt voraus war. Es kam ihm sehr zustatten, daß ab dem Zeitpunkt der Vergabe des Auftrags die Stimmen immer lauter geworden waren, die der Wasserstoff-Technologie eine große Zukunft prophezeiten, die in den Umstrukturierungsvorschlägen von *A&A Consulting* eine zentrale Stellung einnahm.

Doch so sehr die Leitung der Firma von den Ideen angetan war, meldeten sich doch auch wieder die Bedenkenträger, denn die erforderlichen Investitionen waren hoch, und niemand konnte mit Gewißheit sagen, wohin die Reise führte. Es bedeutete also eine große Herausforderung für Leonard, Mia und Patrick, bei den Beratungen ihre Pläne präzise darzulegen und zugleich ihre Glaubwürdigkeit zu bewahren, indem sie nicht Dinge behaupteten, die sie nicht untermauern konnten, aber auch an den Ideen festhielten, welche das Fundament bildeten für die neue Herangehensweise.

Im Laufe der Tage, die sie damit verbrachten, ihr Konzept detailliert zu erläuterten, machten sie, wenn sie ihrer Sache sicher waren, nach vorheriger Absprache immer öfter Gebrauch von den Geheiminformationen, die sie von Akerman bekommen hatten, um ihre Argumente durchzusetzen, indem sie ihre Verhandlungspartner gegeneinander ausspielten, und wunderten sich, wie leicht ihnen das fiel.

In dieser Zeit sahen sich Leonard und Berenice regelmäßig und wurden zunehmend vertrauter miteinander, auch wenn ihre Zeit immer knapp bemessen war. Berenice ertappte sich zum ersten Mal in einer Beziehung bei dem Gedanken, wie es wäre, wenn sie zusammenwohnen würden. Sie konnte gut damit leben, daß Leonard öfter abwesend war, doch wenn er nach Hause kam, hätte sie ihn gerne zärtlich empfangen, sie wollte nicht ewig warten, bis er sich am Telefon meldete und sie sich mühselig für irgendwann später verabredeten. Doch so freudig sie diesen Träumen nachhing, so ängstlich vermied sie es, ihn damit zu belästigen, zu sehr fürchtete sie, ihn damit zu verschrecken. Denn so dankbar sie auch dafür war, daß ihm nicht das Laster ihres Vaters anhaftete, so sehr wünschte sie manchmal, seine weiche Seite kennenzulernen, wie sie bei ihren früheren Freunden zum Vorschein gekommen war, nur leider meistens nach einem alkoholbedingten Zusammenbruch.

Leonard war freundlich und aufmerksam, doch nie kam ihm ein Wort über seine Kindheit oder Jugend über die Lippen. Stets war er ausschließlich auf das fokussiert, was bei ihrem Zusammensein geschah, und wenn sie, um ihn heimlich zu ermuntern, von irgendwelchen Streichen, Erfolgserlebnissen oder Liebesdramen in der Schulzeit erzählte, lächelte er still, stellte höchstens eine Frage oder beließ es bei einem lakonisch-sarkastischen Kommentar. So kam es, daß sie allmählich mißtrauisch wurde und sie das Gefühl beschlich, daß er ihr etwas verheimlichte. Direkt konnte sie ihn nicht fragen, also überlegte sie sich fieberhaft, wie sie auf andere Weise an sein Geheimnis herankommen konnte.

Die Erleuchtung kam ihr bei einem Routineanruf ihrer Mutter, mit der sie ein gutes, aber eher distanziertes Verhältnis pflegte. Wenn sie sich stritten, dann eigentlich nur über ihren Vater. Während Berenice ihm seine Willkür und seine Launenhaftigkeit nie verzieh, hatte ihre Mutter stets Verständnis für seinen labilen Charakter, auch wenn er sie nach seinem jähen Tod ohne jede Absicherung zurückgelassen hatte und sie ganz allein für ihre Tochter sorgen mußte.

"Berenice?"

"Hallo, Mama..."

"Es wundert mich, daß du noch am Leben bist, so, wie sich die Schulkinder heutzutage aufführen..."

"Ach, weißt du... man darf sie nicht als Feinde betrachten..."

"Als was sonst?"

"Na ja, als Schiffbrüchige, die Hilfe brauchen, um wieder festes Land unter die Füße zu kriegen..."

"...obwohl sie alles besser wissen..."

"Logisch, aber es gibt einen Trick..."

"Den hast du mir noch nie verraten..."

"...zähme den Anführer oder die Anführerin und mach' sie zu deinen Komplizen..."

"Dein Wort in Gottes Ohr..."

"So steht's in den Lehrbüchern... aber warum rufst du eigentlich an?"

"Nichts besonderes... es ist nur..."

Die Mutter stockte, dann fuhr sie tapfer fort.

"Na ja, es ist schon eine Weile her, daß du mit Frank Schluß gemacht hast..."

"Du meinst mit Papa Nr. drei..."

"Sei nicht so grausam..."

Es dauerte etwas, bis Berenice antwortete.

"Und jetzt möchtest du wissen, wie es um mein Liebesleben steht..."

"Na ja, ist doch verständlich..."

Ihre Mutter wußte noch nichts von Leonard, und Berenice kam plötzlich die entscheidende Idee.

"Ich habe tatsächlich jemanden kennengelernt..."

Die Stimme ihrer Mutter belebte sich unvermittelt.

"Großartig! Und, wie ist er?"

Berenice lächelte, was auch in ihrer Stimme zum Ausdruck kam.

"Ganz anders... sehr männlich, mit guten Manieren..."

Diese Beschreibung schien die Mutter wenig zu begeistern, sie wurde vorsichtig.

"Und was arbeitet er?"

"Er verdient einen Haufen Geld..."

Einen Augenblick herrschte Stille, dann legte Berenice nach.

"Aber weißt du was, mach' dir doch selber ein Bild... warum lädst du uns nicht zum Essen ein?"

Die Mutter hatte ihre Zweifel, sie klang abwehrend.

"Euch einladen? Früher mußte ich lange betteln, bis es soweit war..."

"Jetzt ist es eben anders..."

Die Mutter überlegte.

"Hast du ihn denn gefragt? Du weißt doch, daß Männer leicht einen Schock bekommen, wenn von den potenziellen Schwiegereltern die Rede ist..."

Berenice lächelte still in sich hinein.

"Das laß nur meine Sorge sein... es ist bloß etwas schwierig mit Terminen, aber ich sage dir rechtzeitig Bescheid..."

Bei der Mutter überwog die Neugier, und ihre Stimme klang wieder frisch.

"Abgemacht..."

"Ich danke dir... und Mama? Nicht zu viele Fragen stellen..."

"Ach, woher... ich freu' mich für dich, Berenice, ich hoffe, daß du glücklich wirst...

16

Bei einem ihrer nächsten Treffen mit Leonard versuchte Berenice, die Einladung bei ihrer Mutter während ihrer Unterhaltung ganz nebenbei fallenzulasssen und es so darzustellen, als ob es der Wunsch ihrer Mutter sei.

Sie saßen wieder mal im *Diner Number One* beim Essen, und Leonard war bestens gelaunt. Geschäftlich lief alles nach Plan, und die Beziehung zu Berenice schränkte ihn in keiner Weise ein. Sie schob dem Kellner, der eben an ihrem Tisch vorbei ging, ihren leeren Teller zu, der ihn mit einer eleganten Bewegung an sich nahm.

"Ach, übrigens... meine Mutter würde dich gerne kennenlernen... ich habe neulich mit ihr telefoniert, und da habe ich ihr natürlich von dir erzählt..."

"...sie kannte meinen Namen, und ihr sind schlimme Dinge über mich zu Ohren gekommen..."

"Wo denkst du hin... sie ist neugierig, aber wir verstehen uns gut genug, daß es nicht zu einer Inquisition ausarten wird..."

Er fühlte ein leises Ziehen, wie eine alte Wunde, die sich immer bei Regenwetter meldet.

"Denkst du, ich werde die Prüfung bestehen?"

Berenice lächelte ihn strahlend ihn an.

"Ich würde dich sonst niemals einer solchen Tortur aussetzen..."

Leonard wiegte gespielt zweifelnd den Kopf.

"Es könnte doch sein, daß du hinterher anders über mich denkst..."

"Um Himmels willen, nein... du kennst doch die Mütter... sie trauen ihren Kindern einfach nicht zu, daß sie in Liebesdingen die richtigen Entscheidungen treffen..."

Leonard glaubte Berenice mittlerweile gut genug zu kennen, um sicher zu sein, daß von ihm nicht mehr erwartet wurde, als höflich und präsentabel aufzutreten. Er entspannte sich, entschloß sich jedoch zu einem kleinen Scherz. Mit gerunzelter Stirn beugte er sich vor.

"Einverstanden, aber ich muß dir etwas gestehen..."

Berenice hielt ihr Lächeln bei, doch innerlich verfluchte sie sich bereits, einen Fehler begangen zu haben.

"Oh, ein Geständnis... nur zu..."

Leonard senkte die Stimme.

"Ich wollte es dir eigentlich nicht sagen, aber jetzt muß ich... ich habe eine Schwäche für ältere Frauen, vor allem, wenn sie die Mütter meiner Freundinnen sind..."

Berenice starrte ihn mit offenem Mund an, ihr Herz raste. Platzte ihr Traum, bevor er richtig begonnen hatte? Sie war so glücklich gewesen, daß er nicht trank, und jetzt offenbarte er einen Makel, der womöglich viel schlimmer wog. Unversehens und beinahe schmerzhaft wurde ihr bewußt, wie tief sie schon mit ihm verwoben war.

Leonard merkte sofort, daß er zu weit gegangen war, daß sie ihn ernstnahm. Er lachte, schüttelte den Kopf und legte eine Hand auf ihren Arm.

"Tut mir leid, Berenice, war nur ein dummer Scherz..."

Berenice atmete tief durch, dann kehrte die Farbe in ihr Gesicht zurück. Ihre dunklen Augen blitzten.

"Mein Gott, hast du mich erschreckt..."

"Verzeih' mir... kommt nicht wieder vor..."

Sie sah sich nach einem Kellner um.

"Ich brauch' jetzt etwas zu trinken..."

Auf einen Wink von ihr eilte ein Kellner herbei.

"Einen Cognac, bitte..."

"Sofort..."

Sie wandte sich wieder um, griff nach Leonards Hand, die auf ihrem Arm lag und drückte sie heftig.

"Du bist schon so sehr ein Teil von mir... aber das sollte ich dir eigentlich nicht sagen..."

Leonard nahm ihre Hand und hauchte einen flüchtigen Kuß darüber.

"Du hast mir schon so viele Dinge gesagt, die du nicht sagen wolltest... ich hoffe, du hörst nicht damit auf..."

17

Von der Sitzung, zu der Mia, Patrick und Leonard an-
reisten, wurde erwartet, daß sie eine vorläufige Entscheidung herbeiführen sollte, vorläufig deshalb, weil mit der
Annahme des Thesenpapiers von *A&A Consulting* zunächst nur der grundsätzliche Konsens eines Kurswech-
sels der Firma beschlossen würde, die Einzelheiten und
die Art der Finanzierung sollten dann Schritt für Schritt
folgen.

Seitens des Autozulieferers waren wie üblich die Ver-
treterin der Finanzabteilung, Margaret <Maggie> Gerlach, der Chef der Gesamtlogistik, Gerald Braun, und der
Cheftechniker, Hanno Westermann, zugegen. In den früheren Runden hatte Leonard festgestellt, daß ihre Verhandlungspartner in technischen Dingen gerne den Ausführungen von Patrick lauschten, der sachlich und allge-
mein verständlich vorzutragen vermochte, und in Fragen
der Vernetzung der neuen Bereiche Mia mit großer Aufmerksamkeit folgten, sodaß Leonard das ganze zum
Schluß nur mit verbindlichen Worten abzusegnen brauchte. Sie befanden sich an diesem späten Nachmittag in der
Phase, in der die wichtigsten Punkte nochmal zusammen-
gefaßt wurden, damit jeder der Anwesenden für eine ab-
schließende Meinungsbildung auf dem gleichen Stand
war. Leonard nickte seinem Partner Patrick zu und überließ ihm wie üblich das Wort.

"Ich möchte die drei wichtigsten Punkte bei der Neuausrichtung Ihres Betriebs nochmal zusammenfassen und
darlegen, warum wir den Schwerpunkt voll auf *Wasserstoff* legen, den ja nun auch die Medien als wesentliches
Element der künftigen Energieversorgung entdecken..."

Die Repräsentanten des Autozulieferers hingen in ihren Sesseln und spielten mit ihren Unterlagen.

"...das Hauptaugenmerk liegt auf der *Gewinnung* von Wasserstoff, für die sehr viel Energie benötigt wird. Die Lösung steht in Kapitel 27 unseres Dokuments, Absatz 7..."

Alle blätterten träge die entsprechende Seite auf.

"...als Standort empfiehlt sich Afrika, wo man mit Sonnenenergie billig produzieren kann..."

Patrick sah auf und blickte Mia an, die sofort übernahm.

"...nach unserer Einschätzung am besten in Ghana, wo stabile politische Verhältnisse herrschen und wo wir seröse Partner kennen, die nur darauf warten loszulegen... im übrigen haben Sie ja sicher mitbekommen, daß die Bundesregierung diesbezüglich bereits mit zahlreichen afrikanischen Ländern verhandelt..."

Mia wandte sich lächelnd an Patrick, der seine Erklärungen fortsetzte.

"Mit dem Wasserstoff, den Sie - allein oder zusammen mit anderen Firmen - dann produzieren, könnten vor allem Lastwagen und Schiffe betrieben werden, und Sie könnten die Benzin- und Dieseltanks, die Sie ja jetzt schon bauen, weiter produzieren und auf Wasserstoff umrüsten. Langfristig würde es sich sogar lohnen, auch den Antrieb selber herzustellen..."

Leonard warf einen Blick in die Runde. Alle hörten Patrick aufmerksam zu, bis auf <Maggie> Gerlach, die mißmutig an die Decke starrte. Sie hatte bisher nie viel gesagt, doch so desinteressiert hatte Leonard sie noch nie erlebt. Patrick kam zu seinem letzten Punkt.

"Die dritte Phase, die parallel zu Phase 1 + 2 anlaufen muß, ist der Aufbau von Wasserstoff-Tankstellen entlang der am meisten befahrenen Güterverkehrswege, die man später erweitern kann... hier gibt es eine norwegische Firma, die bereits sehr aktiv ist und sich sehr gut für eine Zusammenarbeit eignen würde. Sie allein könnten das nicht stemmen..."

Patrick schob das Blatt beiseite und sah wieder in die Runde.

"Das sind die drei Säulen, auf denen unsere Überlegungen ruhen..."

Eine Weile herrschte konzentrierte Stille, dann meldete sich Hanno Westermann zu Wort.

"Das klingt alles sehr schlüssig und plausibel, aber wie bekommen wir in der kurzen Zeit ein schlagkräftiges Team zusammen?"

Unausgesprochen gehörte das wieder zu Mias Fachgebiet.

"Das ist eine gute Frage, aber auch darüber haben wir uns Gedanken gemacht... die ganzen Spezialisten steckten bisher in der Forschung, doch die ist jetzt so weit gediehen, daß alle nur darauf warten, in die Praxis einzusteigen... sobald Sie sich entschieden haben, stellen wir Ihnen eine Liste mit den fähigsten Leuten zur Verfügung..."

Auch der Logistik-Chef war noch nicht ganz zufrieden.

"Sie haben hier in kurzen Worten einen komplexen technischen Prozeß geschildert, der sich nur schwer koordinieren läßt..."

Das war wieder Patricks Bereich.

"Da stimme ich Ihnen vollkommen zu, doch wir haben die ganze Zeit ja auch darüber gesprochen, daß das alles nicht von heute auf morgen geschehen muß... sollten Sie unseren Vorstellungen grundsätzlich zustimmen, sind wir selbstverständlich so lange für Sie da, bis die einzelnen Schritte in die Wege geleitet worden sind..."

Leonard registrierte ein zufriedenes Nicken der beiden Männer, während <Maggie> Gerlach unmutig und kaum merklich ihre rote Mähne schüttelte. Jetzt war er am Zug.

"Frau Gerlach, gehe ich recht in der Annahme, daß Sie unsere Ausführungen nicht völlig überzeugen?"

<Maggie> Gerlach sah ihn unsicher an.

"Oh doch, gewiß... es ist nur... das wird sehr teuer, und warum ist nie von Batterien die Rede?"

Leonard ließ sich nichts anmerken, doch ihm fiel gerade noch rechtzeitig ein, was man ihnen über <Maggie> verraten hatte. Sie galt in der Branche als besonders defensiv und sparsam, was in ruhigen Zeiten sicher eine gute Eigenschaft war, bei einer solchen Richtungsentscheidung jedoch nur hinderlich. Außerdem war sie mit einem Mann verheiratet, der als Manager in einer Autofirma tätig war, die voll auf Batteriebetrieb setzte. Kam daher ihre zögerliche Haltung, hatte sie die Billigung der Geschäftsführung? Leonard ertappte sich bei dem Gedanken, daß es ihm eigentlich egal sein konnte, wie sich der Autozulieferer entschied, den größten Teil des Beratungshonorars hatten sie ja auf sicher, doch er hatte nicht all seine Kraft und Zeit aufgewendet, um am Ende als Verlierer dazustehen, außerdem fragte sich dann jeder in der Branche, was los war mit *A&A*, dieser Prestigeverlust würde auch ihm schaden. Er richtete sich auf und sah <Maggie> direkt an.

"Ganz einfach, Frau Gerlach, weil der Zug dafür längst abgefahren ist... für zwei deutsche Autohersteller, die voll auf Batterien setzen, von denen Sie ja den einen sehr gut kennen und die beide für Sie in Frage kommen, haben wir das durchgerechnet..."

Leonard nahm mit Befriedigung zur Kenntnis, daß <Maggie> Gerlach ihn bei seinem letzten Satz, den er einfach aus dem Ärmel geschüttelt hatte, beinahe furchtsam anstarrte, während Patrick und Mia ihm einen fragenden Blick zuwarfen.

"Die Investitionen wären zwar weitaus geringer, doch als Partner kämen für Sie nur Firmen in Frage, die mit ihrem Know-how viel weiter sind. Sie würden am kürzeren Hebel sitzen, und mit den zu erwartenden geringen Gewinnmargen könnten Sie auf Dauer nicht überleben..."

Hanno Westerhagen sah unbehaglich vor sich hin und wandte sich dann an seine Kollegin.

"Ich verstehe Ihre Bedenken wegen der Kosten, Frau Gerlach, doch ich gebe Herrn Lansing recht. Wasserstoff ist in jeder Hinsicht eine Option, und je schneller wir das umsetzen, desto besser stehen wir da..."

Auch Gerald Braun pflichtete Leonard bei.

"Zugegeben, da kommt etwas auf uns zu, ist aber besser, als auf einen fahrenden Zug aufzuspringen..."

<Maggie> Gerlach sah reihum alle an, ihr Blick blieb an Leonard hängen und verriet ihm, daß sie seine Bemerkung über die beiden deutschen Autohersteller zurecht als Anspielung auf den Einfluß ihres Mannes, der dort angestellt war, und als Attacke auf ihre Integrität verstanden hatte. Sie klappte die dicke Dokumentenmappe zu und sah ihre beiden Kollegen an.

"Ich schließe mich Ihren Ausführungen an und werde der Geschäftsleitung die Befürwortung der von *A&A Consulting* vorgeschlagenen Umstrukturierung empfehlen... aber glauben Sie ja nicht, Sie könnten ab heute unkontrolliert mit Geld um sich werfen..."

Mit diesem Schlußsatz war die Spannung verflogen, und man hielt sich eine ganze Weile mit heftigem Händeschütteln und nichtssagenden Abschiedsfloskeln auf. Niemand beachtete den langen Blick, mit dem <Maggie> Gerlach den im lockeren Plaudern mit seinen Partnern davoneilenden Leonard bedachte.

18

Die Einladung fand schließlich an einem Sonntag abend statt, und obwohl man vorher vereinbart hatte, auf alles Förmliche zu verzichten, versuchte doch jeder, sich in einem günstigen Licht zu präsentieren. Das hellgraue Kostüm mit Spitzenbluse, das Berenice' Mutter gewählt hatte, entsprach zwar nicht mehr der letzten Mode, stand ihr aber ausgezeichnet und brachte ihre Persönlichkeit akkurat zur Geltung. Berenice trug zu passenden hochhackigen Pumps ein sommerliches, ärmelloses, dunkelrotes Kleid mit kleinen weißen Punkten, wie einem Modelabel entsprungen, und Leonard hatte sich in einen dunkelblauen Leinenanzug mit offenem weißen Hemd geworfen.

Von Berenice souffliert, hatte Leonard Azaleen besorgt, die Lieblingsblumen ihrer Mutter, und sie in einen Topf verpflanzen lassen, der nach ihrer Erinnerung mit dem übrigen Arrangement der Zimmerpflanzen perfekt harmonierte. Als die Mutter die Wohnungstür öffnete, fiel ihr Blick sofort auf die Blumen, und ihre erste Reaktion war ein Ausruf des Entzückens.

"Oh! Was seh' ich! Azaleen!"

Erst jetzt schien sie ihre Tochter und Leonard wahrzunehmen, die eng nebeneinander vor der Tür standen, und wurde verlegen.

"Wie unhöflich von mir... bitte, kommt doch rein..."

Nach einer flüchtigen Umarmung mit ihrer Mutter trat Berenice in den Flur.

"Mama, das ist Leonard... Leonard, meine Mutter..."

Lächelnd machte Leonard eine kleine Verbeugung.

"Freut mich sehr, Sie kennenzulernen..."

Er hielt ihr die Topfpflanze hin, von der er noch im Auto die Verpackung entfernt hatte.

"Hier, ich hoffe, Sie mögen sie..."

Fast verschämt nahm die Mutter die Blumen entgegen.

"Oh ja, das sind meine Lieblingsblumen..."

Sie warf ihrer Tochter einen verschwörerischen Blick zu und wandte sich mit einem Anflug von Koketterie zurück an ihn.

"Kann es sein, daß Ihnen das jemand verraten hat?"

Leonard spielte den Unschuldigen.

"Wie kommen Sie darauf? Es hat mich zwei Stunden Meditation gekostet, das herauszufinden..."

Die Mutter lachte und sah rasch von einem zu anderen.

"Aber was stehen wir hier herum?"

Sie wandte sich um und ging ihnen ins Wohnzimmer voraus.

"Gehen wir doch ins Wohnzimmer..."

Die Wohnung war altmodisch und gemütlich eingerichtet, mit vielen Nippes und Fotos auf einer Kommode, Gemälden und weiteren Fotos an den Wänden. Vor einem Panoramafenster war noch ein Platz auf der Ablage frei, dort stellte die Mutter die Blumen ab, die, wie Berenice richtig vorausgesehen hatte, zu ihrer Umgebung ideal paßten, trat einen Schritt zurück, um sie zu bewundern, und drehte sich wieder zu Leonard und Berenice um.

"Bitte setzt euch doch schon mal zu Tisch, ihr jungen Leute habt ja ohnehin nie viel Zeit..."

Sie wandte sich zur Küche, Berenice legte einen Arm um sie und ging mit ihr mit.

"Komm, ich helf' dir..."

Bevor sich Leonard auf seinen Platz setzte, streifte er an der Kommode vorbei, wo viele gerahmte Fotos zwischen großen Muscheln und Schalen mit seltenen Steinen aufgestellt waren. Hastig ließ er seine Augen darüber schweifen, um sich zu vergewissern, ob auch Berenice' Vater zu sehen war. Er entdeckte eine alte Farbaufnahme, offensichtlich ein Hochzeitsfoto, sicher kein offizielles, das etwas unscharf und schon sehr verblichen war. Es hatte den Charme vieler technisch unperfekter Schnappschüsse, die von diesem einen unwiederbringlichen magischen Augenblick lebten, der nur innerhalb eines Sekundenbruchteils gebannt werden konnte. Berenice' Vater hatte ein fleischiges, gut geschnittenes Gesicht mit glatt zurückgekämmten Haaren und einen eher massigen Körper und wirkte neben seiner zierlichen, aparten Frau, Berenice' Mutter, wie ein geschniegelter *Mr. Hyde*, dessen dunkle Seite jederzeit hervorbrechen konnte. Es lag an seinen Augen, schamlos, zügellos fixierten sie den Betrachter, wie jemand, der sich lieber an Abgründigem als an Lieblichem ergötzt. Berenice hatte seine dunklen Augen, jedoch ohne diesen kranken Ausdruck. Was sie wohl noch von ihm hatte?

Von Leonard unbemerkt waren Berenice und ihre Mutter mit drei vollen Tellern aus der Küche zurückgekommen und steuerten auf den Eßtisch zu. Berenice streifte Leonard mit einem Blick.

"Ah, unsere Ahnengalerie... komm, essen..."

Der Tisch war festlich mit weißem Leinen und feinem Porzellan gedeckt, es gab *Entrecôtes* mit Kartoffelgratin und grüne Bohnen und zum Nachtisch *Mousse au Chocolat,* allerdings nicht selbst gemacht. Je eine Flasche mit Sprudel- und stillem Wasser standen bereit, und trotz der einschlägigen, tragischen Familiengeschichte auch ein Spätburgunder, dekantiert in einer edlen Kristallkaraffe. Sie wünschten sich alle einen guten Appetit, Berenice' Mutter griff unbekümmert nach der Weinkaraffe und hielt sie Leonard entgegen.

"Einen Schluck Wein?"

"Nein danke, ich halte mich ans Wasser..."

Die Mutter goß sich etwas Wein ins Glas und sah ihre Tochter an. Berenice zögerte, dann nickte sie ihr zu.

"Nur ganz wenig..."

Die Mutter schenkte ein, stellte die Karaffe zurück und hob ihr Glas. Sie stießen miteinander an, Leonard mit seinem Wasserglas.

"Prost..."

"Zum Wohl..."

"Auf gute Gesundheit..."

Lächelnd stellte die Mutter ihr Glas wieder ab und wandte sich an Leonard.

"Es mag Ihnen seltsam vorkommen, daß wir Alkohol trinken, nach dem, was Sie vermutlich über meinen verstorbenen Mann erfahren haben..."

Sein Blick ging kurz zu Berenice.

"Ja, Berenice hat mir davon erzählt..."

"...aber man kann den Wein auch genießen, wenn man nicht übertreibt... trinken Sie denn nie?"

"Früher hab' ich's ein paarmal versucht... doch am nächsten Tag fühlte ich mich reduziert und schlecht gelaunt... und augenblicklich bin ich beruflich so eingespannt, daß ich mir das nicht leisten kann..."

"Jeder nach seinem Geschmack, niemand soll sich gezwungen fühlen..."

Eine Weile aßen sie schweigend, dann ergriff die Mutter wieder das Wort und wandte sich an Leonard.

"Wissen Sie, es gehört sich zwar nicht, dauernd von sich zu reden, doch etwas möchte ich loswerden, auch wenn Berenice und ich in manchem verschiedener Meinung sind..."

Berenice runzelte die Stirn, sagte aber nichts.

"So tragisch und unverhofft der Tod meines Mannes kam, so hatte er auch etwas Gutes... er war Geschäftsmann, und ich habe für ihn immer die Buchhaltung gemacht... mit diesem Beruf konnte ich später für unseren Unterhalt sorgen und mußte nie irgendwelche Hilfe in Anspruch nehmen..."

Leonard sah aufmerksam in das schmale, sorgfältig gepflegte Gesicht der Mutter und konnte ihren Stolz und die bescheidene Würde, die sie darob empfand, gut verstehen, gleichzeitig mußte er ein Unbehagen und sogar so etwas wie Neid unterdrücken, wenn er an seine eigene, leibliche Mutter dachte. Doch in Berenice regte sich Widerstand, in ihren dunklen, leidenschaftlichen Augen flackerte es.

"Für dich mag das stimmen, Mama... ich sehe das etwas anders... aber laß' doch bitte auch mal den armen Leonard zu Wort kommen..."

Leonard ließ sich von seinen Gedanken nichts anmerken und lächelte Mutter und Tochter zu.

"Ich höre gerne zu, das gehört gewissermaßen zu meinen Berufsvoraussetzungen..."

"Berenice hat mir erzählt, Sie arbeiten als Unternehmensberater..."

"Ja, bei *A&A Consulting*... aber ich mußte ihr ausreden, daß ich ein Halsabschneider bin... wir betreuen Firmen, die mit ihrem Geschäftsmodell in eine Sackgasse geraten sind... an einer Zerschlagung sind wir nicht interessiert..."

"Hat Ihre Familie Sie bei der Berufswahl beeinflußt?"

"Wohl eher nicht... mein Vater ist Angestellter bei den Stadtwerken, und meine Mutter arbeitet ehrenamtlich für wohltätige Vereine..."

Leonard spürte wieder ein leichtes Ziehen in der Brust, wie an dem Tag, als Solange unbedingt seine Wohnung sehen wollte. Die Mutter hörte ihm mit freundlichem Interesse zu, während die Augen von Berenice förmlich an seinen Lippen klebten. Ihm fiel jetzt selber auf, daß er es vermied, von sich aus über seine Herkunft zu reden, und Fragen danach nur ungern beantwortete. Woran lag es, daß sich die Menschen stundenlang und leidenschaftlich mit ihren Familiengeschichten beschäftigten und das Unterste nach zuoberst kehrten? Gerade Frauen schienen davon besessen zu sein. Das Erwachsenwerden war doch nur ein notwendiger Prozeß, und mit der Adoption hatte es ja ganz gut geklappt, auch wenn er und seine neuen Eltern sich immer fremdgeblieben waren. Er war froh, daß er es hinter sich hatte und in seiner Berufswelt so gut funktionierte. Leonard rappelte sich innerlich wieder auf und fand zu seinem gewohnten Charme zurück. Er griff nach seinem Wasserglas.

"Aber jetzt möchte ich mich erstmal für die Einladung bedanken und Ihnen zu Ihrer umwerfenden Tochter gratulieren..."

Er hob sein Wasserglas und stieß mit Mutter und Tochter an.

"Auch wenn in meinem Glas nur Wasser ist... zum Wohl und auf ein langes Leben..."

Beide erwiderten seinen Toast, und sie aßen in Ruhe weiter. Die Mutter erzählte alle möglichen unverfänglichen Geschichten von ihrer Tochter, als sie noch klein war, doch Leonard spürte, daß Berenice enttäuscht schien, daß er das Gespräch von seiner Familie, von der er ihr noch nie erzählt hatte, auch nicht, daß er adoptiert worden war, abgebogen und den Ball an ihre Mutter zurückgespielt hatte. Berenice entging nicht, daß sich ihre Mutter im Laufe des Abends immer mehr für Leonard erwärmte und ihm unwissentlich dabei half, alle versteckten Versuche ihrer Tochter, wieder mehr in seine Kindheit und Jugend überzuleiten, vereitelte. Es rächte sich jetzt, daß sie ihre Mutter nicht in den eigentlichen Zweck dieser Einladung eingeweiht hatte, ihren Wunsch, mehr über Leonard zu erfahren. Sie mußte einsehen, daß sie die erste Runde verloren hatte, doch sie war nicht der Typ, der so schnell aufgab.

19

Im Auto herrschte zunächst Stille, keine feindliche, jedoch eine durchaus distanzierte, beide waren damit beschäftigt, den Abend vor dem inneren Auge zu rekapitulieren und sich darüber klar zu werden, wie sie abgeschnitten hatten.

Leonard war mit sich zufrieden, er fand, er habe sich gut geschlagen, und war erleichtert, daß Berenice' Mutter, die trotz ihres harten Schicksals nie aufgegeben hatte und zu einer erstaunlich abgeklärten Persönlichkeit gereift war, ihn nicht mit Fragen gelöchert hatte und daß Mutter und Tochter einigermaßen auskamen miteinander. Dagegen rätselte er über die Rolle von Berenice, sie hatte dauernd über Bande gespielt und versucht nachzubohren, wenn ihre Mutter Anekdoten zu Berenice' Kindheit zum besten gab, indem sie ihn zu animieren versuchte, ähnliche Erlebnisse aus seiner Kindheit zu erzählen. Ihre Mutter hatte jeweils sein Zögern bemerkt, und war spielerisch darüber hinweggegangen.

Berenice dagegen fühlte sich in einer zwiespältigen Verfassung. Einerseits war sie froh, daß die Einladung so glatt abgelaufen war und ihre Mutter sich so souverän gezeigt hatte. Andererseits war sie böse auf Leonard, weil er sich mithilfe ihrer Mutter allen Nachfragen zu seiner Kindheit und Jugend so geschickt entzogen hatte, doch sie wußte, daß es ihr Fehler gewesen war. Sie hatte schlau sein wollen, und ihre eigene Mutter hatte sie nichtsahnend ausgetrickst. Sie mußte lächeln, sie hatte sich schon viel schlimmer vertan.

Leonard wandte sich zu Berenice um und merkte die Veränderung in ihrem Gesicht.

"Ich sehe dich lächeln... wie lautet dein Verdikt über den Abend?"

"Ein voller Erfolg..."

"Aber...?"

"Na ja, eine Tochter sollte sich eigentlich freuen, wenn der Angebetete ihrer Mutter gefällt..."

"Aber...?"

Berenice beugte sich zu ihm hinüber, legte ihre Hand auf seinen Nacken und küßte ihn leidenschaftlich auf den Mund.

"...aber sie sollte sich nicht gleich in ihn verlieben..."

Sie lachten beide, auf einmal stimmte es wieder zwischen ihnen.

"Du hast Glück mit deiner Mutter, auch wenn ihr beide deinen Vater ganz anders seht..."

Berenice lehnte sich wieder in ihren Sitz zurück.

"Ja, das stimmt... aber ich hätte gern etwas mehr über dich erfahren... die Geschichten, die sie erzählt hat, die kenne ich doch alle... ich war ja schließlich dabei..."

Leonard wurde wieder angespannt, aber er wollte es sich nicht anmerken lassen.

"Willst du wirklich Jungs-Geschichten hören? Wie sie sich um einen Ball raufen und mit schmutzigen Klamotten auf dem frisch gemachten Bett herumhüpfen?"

Berenice drehte sich strahlend zu ihm um.

"Genau das! Aber auch von viel früher... welche Spielzeuge du mochtest, was du gegessen hast, dein Lieblingskuscheltier..."

Leonard versuchte den Aufruhr in sich zu bändigen, doch er wußte, wenn er mit Berenice zusammenbleiben wollte, mußte er einen Weg finden, ihre Neugier zu befriedigen, ohne sich vollkommen preiszugeben, und er hatte eine Idee. Auch wenn er zu seinen Zieh-Eltern mittlerweile ein eher distanziertes Verhältnis pflegte, mit gelegentlichen Anrufen und Treffen zum Essen, konnte er sie bestimmt dazu bringen, wenn er sie zusammen mit Berenice besuchte, seine leibliche Mutter aus dem Spiel zu lassen und nicht damit anzufangen, daß sie seine Adoptiv-Eltern waren, falls sich das umgehen ließ, und da eine solche Bitte ja eher schmeichelhaft für sie war, würden sie sie wohl nicht als Zumutung empfinden.

"Okay... da ich nur ungern von mir rede, machen wir das gleiche andersherum... du lernst *meine* Eltern kennen..."

Berenice, die überraschend und ohne weitere Komplikationen an ihr Ziel zu gelangen schien, war begeistert.

"Natürlich, so machen wir das... es muß ja nicht gleich morgen sein..."

"Aber ich muß dich warnen... meine Eltern sind ganz anders als ich... brave Leute, und alles ein bißchen eng..."

Berenice überschüttete ihn von der Seite mit kleinen Küssen.

"Eltern sind Eltern...."

Leonard richtete sich auf und warf Berenice einen strengen Blick zu.

"Da wäre noch etwas zu klären..."

Berenice Lächeln verflog, sie war sich nicht sicher, wie das zu verstehen war.

"Ach ja? Und was?"

"Daß deine Mutter mich liebt, weiß ich jetzt, doch was ist mit der Tochter?"

Berenice ahnte, worauf es hinauslief.

"Du willst Beweise?"

"Handfeste Beweise..."

"Dann gehen wir am besten zu mir..."

Leonards Augen funkelten, und Berenice legte beide Arme um seinen Hals.

20

In den folgenden Tagen ließ die Hektik bei *A&A Consulting* ein bißchen nach, Akerman hatte sein Verhandlungsteam beim Autozulieferer kommentarlos mit einer ansehnlichen Prämie bedacht, nachdem der Beratervertrag unterschrieben worden war. Für die jetzt notwendigen Gespräche über die Details fuhren sie nur noch zu zweit hin, wobei Leonard stets Teil des Zweierteams war.

An seiner Beziehung zu Berenice änderte sich wenig, nach wie vor war die Zeit für ihre Treffen knapp, und ihre Rituale nahmen immer festere Formen an. Er verspürte eine gewisse Ungeduld bei ihr, weil er keine Anstalten machte, ihre Neugier zu befriedigen, indem er von sich aus mehr von sich erzählte. Er vertröstete sie dann lachend auf die Einladung bei seinen Eltern, ohne zu erwähnen, daß es seine Zieh-Eltern waren. Er hatte sie behutsam darauf vorbereitet, und sie waren erstaunt, aber auch geschmeichelt, daß Leonard ihnen seine Freundin vorstellen wollte, was in den ganzen Jahren zuvor noch nie geschehen war. Sie verstanden auch seine Bitte, seine Adoption nicht zur Sprache zu bringen und somit als seine leiblichen Eltern aufzutreten, da sonst automatisch die Frage nach seiner biologischen Mutter auftauchen würde. Sie hatten ja mitbekommen, wie unerfreulich seine Begegnung mit ihr verlaufen war, wie sehr er sich für sie schämte.

Dennoch fühlte sich Leonard unter Druck. Bei allem Verständnis für Berenice' Interesse an seiner Kindheit und Jugend und seinen sonstigen Besonderheiten empfand er ihre Anteilnahme als leicht übertrieben, beinahe therapeutisch, als ob das Bohren in Vergangenem die einzige Möglichkeit sei, sich kennenzulernen und nahezukommen. Deshalb gönnte er sich eine Galgenfrist und zögerte das Treffen immer wieder hinaus.

Irgendwann im Juni, wieder an einem Sonntag Abend, war es schließlich soweit. Auf Leonards Empfehlung hatte Berenice für Charlotte einen Seidenschal in deren bevorzugten, gedämpften Farben besorgt und Leonard für Friedrich einen *Waterman* Drehbleistift aus Edelstahl. In seiner Freizeit zeichnete er nach Vorlagen Segelschiffe, die er später farblich ausmalte, und hatte deshalb einen riesigen Bedarf an Bleistiften. Beide hatten sich etwas weniger mondän angezogen als bei der Einladung von Berenice' Mutter, dennoch bildeten sie ein perfektes Paar.

Charlotte öffnete die Wohnungstür, als Leonard und Berenice klingelten, dicht hinter ihr äugte ihr Mann neugierig hervor. Charlottes welliges, bereits weißes Haar lag wie eine Haube eng am Kopf und ließ sie streng erscheinen, wären da nicht ihre veilchenblauen Augen gewesen, die milde strahlten, und ihre warme, dunkle Stimme.

"Da seid ihr ja! Kommt doch herein..."

Leonard trat in den Flur, umarmte erst Charlotte und dann Friedrich, der neben sie getreten war.

"Mutter, Vater, das ist Berenice..."

Er wandte sich zu Berenice um.

"Berenice, das sind meine Eltern..."

Charlotte ging rasch auf Berenice zu und schloß sie kurzentschlossen in ihre Arme.

"Herzlich willkommen, ich freue mich sehr..."

Friedrich, groß und hager, mit vollem, ergrautem kurzem Haar, eingeschüchtert von Berenice' blendender Erscheinung, ergriff ihre Hand und legte seine linke darauf.

"Freut mich sehr, Sie kennenzulernen..."

"Die Freude ist ganz auf meiner Seite..."

Leonard und Berenice sahen sich an, holten ihre Geschenke hervor und überreichten sie seinen Eltern.

"Hier, für deine Segelschiffe..."

"Ich hoffe, ich habe Ihren Geschmack getroffen..."

Die Eltern waren überwältigt, so oft bekamen sie nicht Geschenke, und dazu noch passende. Charlotte umarmte erneut Berenice.

"Oh, vielen Dank, das wäre doch nicht nötig gewesen..."

Friedrich drückte Leonard kurz an seine Brust.

"Du weißt gar nicht, wie oft ich mir das schon gewünscht habe..."

Charlotte faltete den Schal zusammen, legte ihn auf die Ablage und zog Berenice mit sich ins Wohnzimmer. Leonard und Friedrich folgten ihnen.

"Aber setzt euch doch endlich, ihr habt sicher Hunger..."

Die beengte Drei-Zimmer-Wohnung, in der Leonard aufgewachsen war, hatte sich kaum verändert, der Sofabezug im Wohnzimmer war neu und einige Küchengeräte waren ausgetauscht worden. Es herrschte eine Atmosphäre bescheidener, gutbürgerlicher Wohlanständigkeit.

Charlotte, die sei einiger Zeit fast ausschließlich vegetarisch kochte, im Einverständnis mit ihrem Mann, hatte sich nach Rücksprache mit Leonard einen Ruck gegeben, es gab Schmorbraten mit Kartoffelknödel und Rosenkohl und zum Nachtisch einen Fruchtsalat. Friedrich, der nur gelegentlich Alkohol trank, hatte irgendwo einen *Châteauneuf-du-Pape* aufgetrieben, der sich sogar sehen lassen konnte.

Charlotte und Leonard trugen die Teller herein, Friedrich griff nach der Weinflasche und wandte sich an Berenice.

"Für Sie auch einen Schluck?"

"Ja, bitte, aber nur einen kleinen..."

Friedrich schenkte ihr ein, für sich und Charlotte so wenig, daß es gerade fürs Anstoßen reichte, an Leonards Platz stand kein Weinglas. Berenice mußte lächeln.

"Ihr Sohn hält das tatsächlich standhaft durch..."

Leonard, der eben einen vollen Teller vor ihr abstellte, bekam es mit und deutete auf Friedrich.

"Das habe ich wohl von ihm, er trinkt nur bei wirklich wichtigen Anlässen..."

"Dann ist das wohl einer..."

Charlotte setzte sich mit ihrem Teller an den Tisch und strahlte Berenice an.

"Oh ja, das kann man wohl sagen... guten Appetit..."

Schweigend begannen sie zu essen, und in allen Beteiligten rumorten die unterschiedlichsten Gefühle. Charlotte war glücklich, ihren Leonard wieder einmal bei sich und so reich beschenkt mit einer jungen, hinreißenden Freundin zu sehen, wohlwissend, daß sie selbst nur eine Nebenrolle spielte, doch die Gewißheit, in ihrem Leben etwas Gutes vollbracht zu haben, überwog.

Friedrich Lansing, der seit jeher in allem seiner Frau vertraute, fühlte sich wie immer befangen diesem jungen

Mann gegenüber, der so ganz anders war als er, physischer, präsenter, unberechenbar. Schon als Junge war er ihm manchmal unheimlich gewesen, wenn er ihm etwas verboten hatte und er es nicht einsehen wollte. Wie ein Tier auf dem Sprung hatte er ihn dann angestarrt und eine Kraft ausgestrahlt, die ihn erschreckte. Und diese junge Frau, die aussah wie das blühende Leben, brachte ihn vollends durcheinander. Er brauchte klare Strukturen, einen gewissen Abstand und die Gewißheit, daß das Leben in geordneten Bahnen verlief, und er war Charlotte unendlich dankbar, daß sie ihn mit ihrem stets gleichbleibenden Verständnis und in ihrer Großmut so gelten ließ, wie er war, und ihn niemals wegen seiner Farblosigkeit belächelte, wie andere das so gerne taten.

Leonard musterte immer wieder verstohlen die beiden Menschen, die es auf sich genommen hatten, ihn bei sich aufzunehmen und großzuziehen wie ihr eigenes Kind, und haderte mit seiner Unfähigkeit, nicht mehr als tiefe Dankbarkeit zu empfinden. Charlotte, die Mutter, die mit ihrer Engelsgeduld auch in seinen widerspenstigsten Zeiten liebevoll und besänftigend auf ihn eingewirkt hatte, und Friedrich, der Vater, der alles recht machen wollte und ihm gegenüber eigentlich immer nur nur voller Unsicherheit und Furcht gewesen war. Er empfand es jetzt als groben Fehler, daß er die beiden vorgeschoben hatte, um sich vor Berenice' Neugier zu schützen, das hatten sie nicht verdient. Warum nur mußte er diese Posse spielen, warum war er nicht fähig, zu seiner Herkunft zu stehen? Irgendetwas war in seinem Inneren, an das er nicht herankam, das ihn aber auch vor etwas schützte, wie er vage empfand. Langsam hob er den Blick von seinem Teller und betete, daß dieser Abend glimpflich verlaufen möge.

Berenice war wahrscheinlich die einzige in der Runde, die sich uneingeschränkt wohlfühlte. Auch wenn ihr die

Diskrepanz im Aussehen zwischen Leonard und seinen Eltern gleich aufgefallen war, wußte sie doch aus ihrer Erfahrung als Lehrerin, wie grundverschieden Kinder von ihren Eltern sein konnten. Irgendwo in der Ahnenreihe gab es immer jemanden, dem sie ähnlich sahen. Im Augenblick war sie damit beschäftigt herauszufinden, wo die Übereinstimmungen lagen. Von der Mutter hatte er nach ihrer Meinung so gut wie nichts, weder äußerlich noch von ihrem Wesen. Zum Vater, der blaue Augen hatte, wenn auch viel hellere, und früher wohl schwarze Haare, bestand bis auf das schmal geschnittene Gesicht schon eher eine Ähnlichkeit, doch vom Charakter her waren sie wie Tag und Nacht. Es amüsierte sie, Leonard zwischen seinen Eltern zu sehen, mit denen ihn offensichtlich nicht viel verband, wie er ja selbst gesagt hatte, und sich die Konflikte vorzustellen, die sich aus ihrer Verschiedenheit ergeben hatten. Sie wunderte sich nur, wie ernst er inzwischen geworden war, und brach als erste das Schweigen.

"Leonard hat Sie wahrscheinlich vor mir gewarnt, daß ich am liebsten alles aus seinem Leben wissen möchte, weil er so ungern von sich erzählt..."

Charlotte hob den Blick und blinzelte Friedrich zu.

"Das hat er wohl von meinem Mann..."

Friedrich Lansing lächelte gequält.

"Eigentlich war er ein ganz normaler Junge..."

Charlotte schüttelte lächelnd den Kopf.

"Na ja, ein bißchen wild war er schon... er hat sich nie etwas gefallen lassen..."

Friedrich fühlte sich genötigt zu relativieren.

"Welcher Junge hat sich denn nicht dauernd gerauft..."

Leonard streifte seine Zieh-Eltern mit einem ironischen Blick.

"Lieb von euch, mich in einem so milden Licht zu malen... aber in der Hinsicht habe ich euch wirklich viele Sorgen bereitet..."

Berenice lehnte sich neugierig vor.

"Wie meinst du das?"

"Es war schon so, wie meine Mutter sagte... ein schiefer Blick, eine dumme Bemerkung, und schon flogen meine Fäuste..."

Friedrich bemühte sich erneut abzumildern.

"Das hat sich später gegeben... er war gut in der Schule und im Sport und daher nicht mehr so empfindlich..."

Leonard lächelte.

"Stimmt... aber ich habe mir immer alles gemerkt..."

Charlotte lächelte heiter in die Runde.

"Wie wär's damit: nach dem Essen zeige ich Berenice ein paar Fotos, die ich auf meinem Laptop zusammengestellt habe, und ihr beide spielt eine Partie Schach..."

Berenice war ganz aufgeregt.

"Oh ja, das machen wir... ich kann's kaum erwarten..."

Bis zur Beendigung des Essens wurde nicht mehr viel geredet, dann zog Charlotte Berenice mit sich auf das Sofa, ihren Laptop in der Hand, und Friedrich stellte das Schachbrett mit den edlen Holzfiguren auf, auch ein Geschenk von Leonard. Im Gegensatz zu seinem Zieh-Vater spielte er nur sehr ungern, überhaupt langweilten ihn Spiele, wenn er sich anstrengte, mußte immer etwas herauskommen dabei. Doch jetzt war er ganz zufrieden mit der Situation, Berenice kam endlich auf ihre Kosten, er wurde in Ruhe gelassen und konnte unauffällig verfolgen, worüber sie sich mit Charlotte unterhielt.

Um seinem Zieh-Vater einen Gefallen zu erweisen, versuchte sich Leonard auf das Spiel zu konzentrieren und bekam nebenbei mit, daß seine Zieh-Mutter mit Fotos aus der Zeit begann, als er gerade laufen lernte, mit Picknicks im Freien, dem notorischen, mit Schokolade verschmierten Mund, Bilder aus den Schul- und Studientagen. Dazu erzählte sie liebevoll alle möglichen kleinen Anekdoten, die sich zu einem Bild fügten, das er durchaus als angemessen empfand.

Leonard blendete die beiden Frauen auf dem Sofa allmählich aus und kam sogar dazu, Friedrich Schach zu bieten, das er allerdings souverän abwehrte, als er Berenice auf einmal einen verhängnisvollen Satz sagen hörte.

"Das ist wirklich ganz toll, aber haben Sie nicht auch Bilder von ihm als Säugling?"

Charlotte wich geschickt aus, ein Teil der Fotos seien verlorengegangen, und sie hätten das kleine Kind nicht so früh mit Blitzlicht quälen wollen. Einen Ordner mit frühen Fotos fand sie dann doch, und nach einer Weile hörte er Berenice' aufgeregte Stimme.

"Und wer ist diese junge Frau? Sieht fast so aus, als würde sie Leonard stillen..."

Leonard blieb fast das Herz stehen. Er kannte das Bild, es zeigte seine leibliche Mutter leicht von hinten, blond und üppig, und sie stillte ihn tatsächlich. Ihre Brust war durch ihre Bluse verdeckt, und von ihm konnte man nur die geschlossenen Augen sehen und sich vorstellen, wie er wonnig an ihr nuckelte. Es war das einzige Foto von ihr, sie hatte es ihm gegeben, als er sich mit ihr traf, und seine Zieh-Eltern hatten eingewilligt, es in ihre Fotogalerie aufzunehmen, auch wenn Charlotte der Anblick der stillenden Mutter sehr schmerzte. Charlotte hatte vergessen, es aus dem Ordner zu entfernen, den sie Berenice zeigen wollte, doch sie reagierte geistesgegenwärtig und machte ihren Lapsus wieder gut.

"Oh das! Ich hatte immer etwas Mühe mit dem Stillen, und da hat mir eine der jungen Frauen, die ich kannte und sehr stolz darauf war, viel Milch zu haben, Leonard einfach weggenommen und bei sich selbst angesetzt..."

Die Erklärung klang glaubwürdig, denn das Foto war ein Schnappschuß, und es zeigte als Hauptperson nicht die junge, stillende Frau von vorne, sondern Leonard. Charlotte leitete über zu anderen Säuglingsbildern, kurz bevor er laufen konnte, und Leonard konzentrierte sich wieder aufs Schachspiel, doch es war zu spät. Friedrich hatte seinen König mit einem Turm, einem Läufer und einem Springer derart in die Enge getrieben, daß er seine Dame opfern mußte, um dem *schachmatt* zu entgehen, was es aber nur um ein paar Züge verzögerte. Er lächelte seinem Zieh-Vater zu.

"Kompliment, du hast es immer noch drauf..."

Er drehte sich zu Charlotte und Berenice um.

"Ich habe wie üblich verloren und brauche jetzt eine Aufmunterung..."

Während Charlotte ihm einen um Verzeihung heischenden Blick zuwarf, sah Berenice mit erhitztem Gesicht zu ihm auf.

"Das trifft sich gut... ich weiß jetzt, was für ein toller Bursche du bist... ich richte dich wieder auf..."

Alle erhoben sich, es war der richtige Moment für den Abschied. An der Wohnungstür wieder das große Umarmen, sogar Friedrich, dem man die Genugtuung über das gewonnene Schachspiel anmerkte, ging aus sich heraus. Zum Schluß faßte Charlotte Berenice an beiden Armen.

"Es war ein wunderschöner Abend... und nochmal vielen Dank für die Geschenke..."

Dann wandte sie sich an Leonard, ihre Augen waren feucht.

"Bring doch deine Freundin wieder mit, wenn du uns besuchst..."

"Versprochen..."

Innig umarmte Leonard noch einmal seine Zieh-Mutter und unterdrückte seine Tränen, dann schloß sich die Wohnungstür hinter ihnen.

21

Berenice war so aufgekratzt wie schon lange nicht mehr. Sie hatte in so kurzer Zeit so viel über Leonard erfahren, daß es ihr erstmal für eine Weile reichte. Noch bedeutsamer schien ihr, daß ihr Argwohn ihm gegenüber, er verberge etwas vor ihr, vollkommen geschwunden war. Voller Emphase drehte sie sich zu ihm um.

"Mein Gott, Leonard, du hast doch wunderbare Eltern..."

Leonard steuerte das Auto ruhig durch die sonntäglich leeren Straßen, sein Gesichtsausdruck war wieder ungewöhnlich ernst.

"Ja, du hast recht, das sind sie wirklich..."

"Nach dem, was du mir über sie gesagt hast, hätte ich das nicht erwartet..."

Ein leises, bitteres Lächeln huschte über sein Gesicht.

"Nun, ich denke, das hast du vor allem dir zuzuschreiben..."

"Wie meinst du das?"

"Meine Mutter ist fast zerflossen vor Rührung, daß ihr Sohn eine so fabelhafte Freundin hat, und mein Vater hat kaum gewagt, dich anzuschauen..."

Verwundert dachte Berenice darüber nach.

"Aber... sie freuten sich doch für dich..."

"Als ich noch unter einem Dach mit ihnen wohnte, kam ich mir oft sehr einsam vor, und sie haben mehr als einmal kummervoll über mich gesprochen..."

"Das ist doch normal... ich kenne das nicht anders... dennoch hat deine Mutter so liebevoll von dir erzählt..."

Eine Weile fuhren sie schweigend dahin, Berenice sah Leonard mehrmals unauffällig von der Seite an und wunderte sich über seine gedrückte Stimmung.

"Gibt es etwas, das dich bedrückt? Du bist so schweigsam, aber auf eine ganz neue Art..."

Leonard brauchte lange für eine Antwort.

"Es ist doch so, wenn jemand gut zu dir ist und du das nicht im gleichen Maß erwidern kannst, hast du immer ein schlechtes Gewissen..."

"Das brauchst du doch nicht... auch wenn sie spüren, daß ihr verschieden seid, sind deine Eltern sehr stolz auf dich... und sie wissen, daß du sie liebst und respektierst..."

In Erinnerung an all die Fotos mußte sie lächeln.

"Du warst auf allen Fotos immer ein sehr ernstes Kind... aber eins gefiel mir besonders... du mit genußvoll geschlossenen Augen an der Brust dieser fremden Frau, die dich deiner Mutter einfach weggenommen hat..."

Leonard hatte gehofft, sie würden diese Klippe umschiffen, doch insgeheim hatte er geahnt, daß es genau darauf zulaufen würde. Er hätte jetzt etwas Witziges sagen können, zum Beispiel *es war meine Idee, an der Frau zu nuckeln* oder so ähnlich, doch er spürte, daß er nicht mehr imstande war, die Wahrheit zu unterdrücken.

"Die Frau auf dem Foto ist keine fremde Frau..."

"Ja, und? Sie war eine Freundin deiner Mutter..."

"Sie war auch keine *Freundin* meiner Mutter... sie *ist* meine Mutter..."

114

Berenice stockte der Atem, ihre ganze Euphorie war wie weggeblasen.

"Sie ist deine Mutter? Was willst du damit sagen?"

"Charlotte und Friedrich Lansing sind meine Adoptiv-Eltern... die Frau auf dem Foto ist meine leibliche Mutter... Charlotte hat vergessen, es aus dem Ordner zu entfernen, bevor sie dir die Bilder zeigte..."

Berenice fröstelte. Es war nicht die überraschende Offenbarung, daß er adoptiert worden war, die sie so erschütterte, sondern dieses unsinnige, unverständliche Theater, das Leonard drumherum inszeniert hatte.

"Du gibst deine Zieh-Eltern als deine leiblichen Eltern aus... warum?"

"Es hat mit meiner biologischen Mutter zu tun..."

"Wie soll ich das verstehen?"

"Ich wollte nicht, daß du sie kennenlernst..."

"Das hätte ich doch niemals von dir verlangt..."

"Du hättest keine Ruhe gegeben..."

Berenice erstarrte. Dieser jähe Vertrauensbruch, den sie auf unterschiedliche Weise in allen ihren Beziehungen erlebt hatte, war wie ein Abgrund, der sich erneut vor ihr auftat. Sie waren mittlerweile vor ihrer Wohnung angelangt, Leonard hielt am Bordstein und stellte den Motor ab. Berenice versuchte, ihre Lähmung zu überwinden.

"Warum tut man sich zusammen, wenn man kein Vertrauen zueinander hat? Mit mir kannst du doch über alles reden..."

Leonard legte eine Hand auf ihren Schenkel, eine hilflos intime Geste, weit entfernt von Anzüglichkeit.

"Worüber reden, wenn ich mich innerlich wie entstellt fühle und mich am liebsten eingraben würde..."

"Wozu bin ich denn sonst da, als dir zu helfen...? Vor mir brauchst du dich doch nicht zu verstecken..."

Leonard sah Berenice mit einem Blick an, der seine tiefe Not ausdrückte, Tränen schimmerten in seinen Augen, doch dann schüttelte er den Kopf.

"Das hast du nicht verdient... all den Müll in meiner Seele..."

Sie sahen sich lange an, und Berenice merkte, wie sie sich allmählich entglitten. Ein trockenes Schluchzen ließ sie kurz erbeben, dann langte sie nach dem Türgriff.

"Vielleicht ist es besser, wenn wir uns eine Weile nicht sehen..."

Leonard blieb stumm, sie öffnete die Tür und war schon halb draußen. Ein letztes Mal ließ sie ihren Blick forschend über sein Gesicht gleiten.

"...aber ruf mich an, wenn du jemand brauchst..."

Ohne sich nochmal umzusehen, verschwand sie in der Haustür, und Leonard fand lange nicht die Kraft, den Zündschlüssel umzudrehen, den Ganghebel auf *Drive* zu schieben und zu sich nach Hause zu fahren.

22

In den Tagen nach dem jähen Abbruch ihrer Beziehung leckten beide ihre Wunden. Beinahe im Minutentakt
hinterfragte Berenice ihre Entscheidung, vorerst keinen
Kontakt mit Leonard aufzunehmen, versetzte sich zwang-
haft immer wieder von neuem in die Situation, wie sie
nach der Einladung bei seinen Adoptiv-Eltern mit ihm vor
ihrer Haustür in seinem Auto gesessen hatte und plötzlich
so etwas wie eine unsichtbare Schranke zwischen ihnen
niedergegangen war. Nein, sie hatte keine andere Wahl
gehabt, dennoch nagten ununterbrochen Zweifel an ihr,
und wenn sie in der Schule unterrichtete, glaubte sie in
den frechen Blicken einiger präpotenter Schüler, die
ebenso unverschämt glotzten wie an jedem anderen Tag,
genau die Vorwürfe zu lesen, die sie sich selber machte.
Doch sie spürte auch, daß sie sich verändert hatte. Während sie früher bei ihren Alkoholiker-Freunden ohne zu
überlegen in die Rolle der heiligen Samariterin geschlüpft
war, regte sich diesmal so etwas wie Widerstand in ihr,
die Rolle als Nachsichtige und Verständnisvolle zu über-
nehmen, die wie selbstverständlich von ihr erwartet wurde gegenüber den Launen und Malaisen der Männer, ohne
jedoch für würdig befunden zu werden, im Gegenzug an
deren tiefsten Seelenregungen teilzuhaben. Ihre Gefühle
für Leonard waren keineswegs erloschen, im Gegenteil,
sie stellte sich lediglich die Frage, warum jedes Mal sie
den peinigenden Weg suchen sollte für ein klärendes Gespräch, während der andere im besten Fall bloß gnädig
auf sie wartete.

Für Leonard stellte sich die Situation ganz anders dar.
Bis zu dem Tag, an dem Solange ihn verließ, hatte er
selbstzufrieden in einer Blase aus Selbstsuggestionen ge-

lebt, zu der außer ihm niemand Zugang hatte. Sein Verhängnis und zugleich sein Glück bestanden darin, daß er auf diese Weise in seinem Beruf reibungslos funktionierte und ihm die Illusion vermittelt wurde, daß mit ihm alles in Ordnung sei, auch wenn er insgeheim wußte, daß da etwas war in seinem Inneren, das ihm gar keine andere Wahl ließ als so zu sein, wie er sich gab. Die letzte Begegnung mit seiner Mutter und mehr noch die Erinnerung an die quälende erste mit ihr ließen ihn ahnen, daß etwas in ihm schlummerte, das nicht gut für ihn war und ihn daran hinderte, ein vollständiger Mensch zu sein. Doch genau an dem Punkt wich er wieder zurück. Verlor er nicht seine ganze Spannung, seine Schärfe und Energie, wenn sich dieser Pfropfen in seiner Brust verflüchtigte? War es wie in diesem Artikel über Lobotomie, den er zufällig gelesen hatte, wo ein schwer aggressives Monster zum lächelnden Gutmenschen mutiert war nach der Operation? Wehmütig dachte er an Berenice, ihre Lebendigkeit und ihre leidenschaftliche Anteilnahme an ihm. Was war so schlimm daran, daß sie alles über ihn wissen, ihm so nahe wie möglich sein wollte? Und wieder sauste das Fallbeil der Verweigerung, des Selbstschutzes jählings vor ihm herab. Wenn das, was ihn umtrieb, so jämmerlich, so abstoßend war, daß es selbst Berenice endgültig von ihm fortstieß? Er konnte es nicht riskieren.

Der Mühlstein in Leonards Kopf hörte auch bei *A&A Consulting* nicht auf, sich zu drehen. Was ihm nach der Trennung von Solange noch so mühelos gelungen war, sich mit Arbeit zu betäuben, gelang ihm diesmal nur mit größter Anstrengung. War er mit Patrick oder Mia zu Gesprächen mit dem Autozulieferer unterwegs, wunderten sie sich des öfteren über seine Geistesabwesenheit, und hätten sie erfahren, daß es wegen seiner von Berenice abrupt beendeten Beziehung war, hätten sie ihn insgeheim wohl schadenfroh als potenziellen Absteiger abgetan und ihre Chance gewittert. Umso mehr bemühte sich Leonard, eine Lösung zu finden, und als er bei einem kleinen Zwischenstop in der Kantine zwei jungen Männern hinter sich zuhörte, die sich über ein *Start-up*-Unternehmen namens *CyberHealth* unterhielten, das seit geraumer Zeit von sich reden machte, spitzte er die Ohren. Er bekam nicht alles mit, aber es drehte sich darum, daß sie eine Technik entwickelt hatten, welche die gute alte Psychoanalyse, die sich über Jahre hinstrecken konnte und keine Gewähr für Erfolg bot, überflüssig machte, mehr noch, sie behaupteten, den Menschen neu designen zu können.

Der Mann mit der höheren Stimme, der aufgeregt über die Details berichtete, wurde von seinem Kollegen immer wieder mit ironischen Fragen unterbrochen oder mit sarkastischen Kommentaren gebremst.

"...es ist ein bißchen wie bei diesen 3D-Spielen, die setzen dir einen Helm auf, und schon bist du mitten drin in einem Abenteuer, das gewaltiger ist, als du es jemals real erleben kannst..."

"Aha... und wenn du rauskommst, bist du *Harrison Ford*..."

"So ein Schwachsinn... darum geht's doch gar nicht..."

"Dann erklär's mir..."

"Es geht darum, die Gehirnzellen zu aktivieren, und zwar so massiv, daß neue neuronale Verknüpfungen entstehen..."

"Mein Hirn wird mit lauter Dellen gepflastert?"

"Es ist echt genial, aber du willst es gar nicht verstehen... die scannen dich erst gründlich und finden deine

Problemzone heraus, dann wird extra für dich ein Programm erstellt..."

"Angst vor Spinnen?"

"Warum nicht? Die bauen dein 3D-Abenteuer so effizient auf, daß die neuen Abdrücke die alten mit der Spinnenangst überdecken, und das innerhalb von zwei Stunden... wenn du danach in den Keller gehst, um Wein zu holen, winkst du den fetten Spinnen lässig zu..."

"Also läuft es doch auf *Harrison Ford* hinaus..."

"Es gibt Leute, bei denen hat's funktioniert..."

Leonard hatte genug gehört. Es klang völlig verrückt, aber er wollte mehr darüber erfahren, und falls es ihn überzeugte, den Versuch wagen. Was ihn am meisten faszinierte, war die Zeit-Perspektive. Falls diese *CyberHealth*-Leute nicht schamlose Betrüger waren, konnte er vielleicht schon bald wieder seine Beziehung mit Berenice fortsetzen.

23

Die *CyberHealth Company* befand sich im obersten Stockwerk eines neu erbauten Bürogebäudes. Innen war alles in Weiß, Glas und Chrom gehalten, man wähnte sich gleichzeitig in einem wissenschaftlichen Labor und in einem Filmstudio. Die Belegschaft bestand fast ausschließlich aus jungen Leuten, die in eine Art Judo-Kutten gekleidet waren und deshalb ein bißchen so aussahen wie die Mitglieder einer Sekte. Es war alles sehr neu, und die hektische Betriebsamkeit wirkte ein wenig aufgesetzt.

Leonard mußte nicht lange warten, bis er zu seinem Termin aufgerufen und in eine Kabine geführt wurde, die wie eine Art futuristisches Minikino eingerichtet war. Er nahm in einem Sessel Platz, der sich automatisch seiner Körperform anpaßte, am Kopfende ragte ein Helm mit wuchtigen Kopfhörern auf, an dem an einem beweglichen Scharnier eine Brille befestigt war, die aussah wie die Augen eines Rieseninsekts. Ein dickes Kabel führte vom Helm zu verschiedenen elektronischen Apparaten, in die Wände ringsum waren Monitore eingelassen, über die im Augenblick nur das Firmenlogo flimmerte.

Leonard hörte, wie hinter ihm jemand die Tür öffnete, dann stand schon Dr. Amiri vor ihm, ein schlanker junger Arzt mit dunklen, flinken Augen und voller nervöser Energie. Er setzte sich auf den Stuhl vor ihm, der wie eine Panzersperre aus dem Boden wuchs und sich ebenfalls nach seinem Körper formte. Er sah Leonard mit aufreizender Neugier in die Augen und reichte ihm die Hand.

"Herr Lansing? Ich bin Dr. Amiri, ich bin Arzt und habe zusätzlich eine Ausbildung als Psychiater und Neurologe..."

Er hatte eine angenehme, einschmeichelnde, beinahe singende Stimme und bedachte Leonard mit einem strahlenden Lächeln.

"Nur für den Fall, daß Sie überlegen, ob ich ein Scharlatan bin..."

"Warum sollte ich?"

"Nun, weil wir ganz neue Wege beschreiten und daher massiv angefeindet werden..."

Dr. Amiri zog ein bewegliches Tischchen, das an seinem Stuhl befestigt war, zu sich heran und legte sein Tablet darauf.

"...aber Sie haben sich offenbar gründlich informiert, bevor Sie uns aufsuchten..."

Er warf einen Blick auf sein Tablet und scrollte rasch auf eine bestimmte Seite.

"Da haben wir's... Sie haben in Ihrem Anmeldeformular geschrieben, daß es Ihnen in Ihrer Vita immer wieder um mangelndes Vertrauen geht... vor allem Frauen gegenüber... ist das korrekt?"

"Ja, das ist richtig..."

"Wollen Sie mir verraten, warum?"

Dr. Amiri fixierte Leonard wieder mit seinem aufreizend neugierigen Blick. Leonard zögerte.

"Sind meine Angaben bei Ihnen geschützt?"

Der Arzt lächelte nachsichtig.

"Mit der Sicherheit unserer Daten haben wir *AllSecure* beauftragt... Sie sind Unternehmensberater, diese Firma ist Ihnen bestimmt ein Begriff..."

Leonard nickte, aufwendiger konnte man sich schwerlich abschirmen. Der Arzt fuhr fort.

"Bevor wir anfangen, vielleicht ein kurzer Blick auf das Prozedere... Sie schildern mir zunächst ausführlich Ihr Problem, dann machen wir heute noch diverse Scans von Ihrem Gehirn... eine Art von uns weiterentwickelten MRTs..."

Leonard öffnete den Mund zu einer Frage, doch Dr. Amiri kam ihm zuvor.

"Ich glaube, ich weiß, was Sie fragen wollen... diese Scans sind vollkommen harmlos, sie schädigen Ihr Gehirn in keiner Weise..."

Dr. Amiri rückte sich in seinem Stuhl zurecht, der sich wieder lautlos verformte, und zog das kleine Tischchen näher zu sich heran.

"Gut... nachdem wir uns ein möglichst vollständiges Bild von Ihnen gemacht haben, entwerfen wir ein *Cyber-Event*, das speziell auf Sie zugeschnitten ist... das sehen und hören Sie sich mit einem extra dafür entworfenen 3D-Simulator an, und gleichzeitig nehmen wir Ihre Gehirnströme auf..."

Der Arzt deutete mit dem Kinn auf den wuchtigen Helm, der hinter Leonard über der Kopflehne aufragte und auf die Apparaturen rundum an den Wänden.

"Ziel dieser Anwendung ist es, vereinfacht gesagt, neuronale Verknüpfungen im Hippocampus, die sich emotional negativ auswirken, durch positive zu überschreiben oder zumindest zu neutralisieren..."

"Also eine Art elektrochemische Lobotomie..."

Dr. Amiri lächelte amüsiert.

"Warum nicht? Eine erfolgreiche psychiatrische Behandlung über viele Jahre hinweg läuft am Ende auch nicht auf etwas anderes hinaus als auf eine *Neurogenese*... der einzige Unterschied besteht darin, daß wir keine Zeit verschwenden und keine Umwege machen..."

Er brachte sein Tablet in Schreibposition.

"Wollen Sie den Versuch wagen?"

Leonard nickte und begann zögernd zu erzählen. Er hätte nie gedacht, daß ihm das so schwerfallen würde und wie banal und nichtig auf einmal alles klang, wenn man es laut aussprach. Die anderthalb Jahre nach seiner Geburt, von denen er nichts wußte, die beiden Treffen mit seiner leiblichen Mutter, das ständige Gefühl der Fremdheit bei seinen Adoptiv-Eltern, die Abwesenheit von Freunden, die Befriedigung, in seinem Beruf etwas zu gelten trotz der brutalen Daueranspannung, die narzißtische und autoerotische Wahrnehmung seiner Körperlichkeit, die niederdrückende Erfahrung, in seinen Beziehungen zu Frauen sich emotional nicht fallenlassen zu können, dieser Klumpen in seiner Brust...

Dr. Amiris Finger flogen über die Tasten, als seien sie sprachgesteuert, gleichzeitig nahm er über eine Kamera alles auf. Nur hin und wieder unterbrach er mit einer Frage. Schließlich, als Leonard verstummte, sah er auf, aus seinen Augen war alles Unverbindliche gewichen, und er wirkte plötzlich älter als er war.

"Herr Lansing, ich danke Ihnen für Ihr Vertrauen... Sie sind eher ein osmotischer Mensch als ein begrifflicher... das kommt unserer Methode entgegen..."

Leonard sah ihn verständnislos an.

"Können Sie mir das übersetzen?"

"Sie nehmen die Welt vorwiegend über Ihre Sinne wahr, weniger mit Ihrem Intellekt, auch wenn Sie bemüht sind, den gegenteiligen Eindruck zu erwecken..."

Dr. Amiri klappte das Tablet zu, schaltete die Kamera aus und erhob sich von seinem Stuhl, der ihn offenbar nur ungern freiließ.

"Ich bringe Sie jetzt zu meinen Kollegen von der Technik, wir sehen uns am nächsten Samstag wieder..."

Wie in Trance folgte Leonard dem Arzt zum Empfang, wo er ihn freundlichen Helferinnen übergab, die ihn in eine weitere Kabine geleiteten.

24

Die darauf folgende Woche verbrachte Leonard meistens zusammen mit Mia zu Beratungen beim Autozulieferer. Schon allein die Ankündigung einer Neuausrichtung mit dem Schwerpunkt Wasserstoff hatte der Firma einen beträchtlichen Kursgewinn beschert und *A&A Consulting* einen weiteren Prestigegewinn. Trotz dieser Erfolge mußte Leonard sich anstrengen, die Spannung zu halten, er fieberte ungeduldig dem nächsten Wochenende entgegen.

Samstag nachmittag fand er sich pünktlich zur vereinbarten Zeit bei *CyberHealth* ein und wurde ohne weitere Umstände in die Kabine geführt, die er vom ersten Termin her kannte. Dr. Amiri erwartete ihn bereits, diesmal mit ernster, konzentrierter Miene. Zwei Helfer saßen im Hintergrund und nickten ihm zu.

"Guten Tag, Herr Lansing, es ist alles vorbereitet... wir haben Sie ja schon im Vorfeld per E-Mail über die nächsten Schritte informiert..."

"Ja, ich habe Ihre Nachrichten bekommen..."

"Und Sie sind bereit für die Prozedur?"

"Ja, es kann losgehen..."

"Sehr schön... nur noch zwei wichtige Punkte..."

Er deutete auf Leonards rechte Armlehne, wo vorne an der Wölbung ein dicker roter Knopf sichtbar war.

"Falls Sie Schwierigkeiten bekommen oder sich unwohl fühlen, drücken Sie auf den roten Knopf, die ganze Anlage wird ausgeschaltet und das Raumlicht geht an..."

Leonard sah den Knopf und nickte, der Arzt fuhr fort.

"Sollten Sie Probleme haben, die nicht so gravierend sind, sprechen Sie in das Mikrofon, das man Ihnen zusammen mit der Brille vor Ihr Gesicht platzieren wird. Das *Event* läuft weiter, doch es wird sofort jemand bei Ihnen sein, mit dem Sie reden können..."

"Alles klar..."

Dr. Amiri öffnete ein Etui, das er bisher auf seinem Schoß gehalten hatte, und entnahm ihm eine Spritze.

"Und jetzt noch ein kleiner Piks, das verhilft Ihnen zu erhöhter Aufmerksamkeit..."

Er zog die Spritze auf und sah Leonard noch einmal forschend in die Augen.

"Es sei denn, Sie wollen darauf verzichten... es ist allein Ihre Entscheidung..."

Leonard schüttelte den Kopf.

"Nur zu... ich habe gelesen, wozu das dient..."

"In Ordnung... danach sollten Sie möglichst nicht mit dem Auto fahren..."

Der Arzt machte Leonards Arm frei, desinfizierte eine Stelle und stach behutsam zu.

"So, das wär's... die Techniker werden Ihnen jetzt den Helm aufsetzen..."

Dr. Amiri drückte Leonard mit Emphase die Hand.

"Entspannen Sie sich und genießen Sie die Reise..."

Der Arzt gab den beiden Technikern ein Zeichen und verließ die Kabine.

Die beiden jungen Männer in den Judo-Kutten eilten geräuschlos herbei, setzten Leonard bedächtig den Helm auf den Kopf, der sich selbsttätig seiner Kopfform anpaßte, und klappten die *Cyberbrille* herunter, die sein Gesichtsfeld vollständig verdeckte. Vor seinen Mund schob sich ein Mikrofon.

"Fühlen Sie sich wohl? Verspüren Sie irgendwo einen Druck?"

Leonard wartete eine Weile, um sicher zu sein.

"Nein, mir geht's gut..."

"Okay... sobald wir draußen sind, startet das *Event*... das Mikro ist an..."

Die Tür schloß sich hinter ihnen mit einem leisen Fauchen, und das Raumlicht erlosch. Leonard spürte, wie sein Herz klopfte, aber das lag nur an der bangen Erwartung. Das *Event,* das nun in aller technischer Raffinesse auf seine Sinne einwirkte - sogar der Geruchssinn wurde aktiviert - war dann doch so eine Art *Indiana Jones*-Abenteuer. Sie hatten ihn darin beängstigend wirklichkeitstreu als einen auf Primaten spezialisierten Wissenschaftler programmiert, der einem Wesen hinterherjagte, das angeblich in Zentralafrika im Busch lebte und als Mittelding zwischen Affe und Mensch sein Unwesen trieb. Die Eingeborenen hatten es noch nie von nahem gesehen, doch rätselhafte Knochenfunde nährten die wildesten Spekulationen.

Es war natürlich nicht das Thema der Geschichte, das im Mittelpunkt stand, sondern die Bewältigung der einzelnen Etappen dieses Abenteuers. Zwei Frauen begleiteten Leonard auf der Expedition in den Busch, wobei die eine die Verbindung zu den Eingeborenen aufrechterhalten sollte und die andere bereits früher die Menschenaffen vor Ort studiert hatte, vornehmlich Gorillas, ein Wildhüter sorgte für den Schutz.

Um der Effizienz willen hielt sich das *Event* weitgehend an bewährte Filmdramaturgie, gerade im möglichst realistischen Aufbau dramatischer Ereignisse, doch die Betonung lag nicht im schwelgerischen Genuß exotischer Szenerien, sondern auf den zugespitzten Momenten, da Entscheidungen gefällt werden mußten, auf der Frage, ob sich der eine auf den anderen verlassen konnte. Greife ich nach der ausgestreckten Hand, die mir über eine schwankende Hängebrücke hilft? Glaube ich der Frau, daß die Eingeborenen nichts Böses im Schilde führen? Vertraue ich auf das Geschick des Wildhüters, wenn er nicht auf das Raubtier schießt, das im Gebüsch lauert? Ist das Team auf meiner Seite, oder hecken sie heimlich etwas gegen mich aus? Mache ich mich unglaubwürdig, wenn ich einen Schwächeanfall gestehe?

Das *Event* war so lebensnah inszeniert, daß Leonard diese Wendepunkte nie als künstlich empfand, und da er Teil dieses Abenteuers war, gingen ihm die einzelnen Episoden schwer unter die Haut. Das einzige durchgängige Gefühl, das ihn nie verließ, war ein leises Unbehagen angesichts seiner Rolle, die eher draufgängerisch gestaltet war, immer wieder zuckte er zusammen, wenn sein *Avatar* bzw. sein *Alter Ego* sich auf etwas einließ, bloß weil er seinem Team vertraute.

Die Geschichte endete damit, daß sich das *Affenbiest* als *Althippie* entpuppte, letzter Überlebender einer Kolonie von *Blumenkindern*, die sich in den späten 1960er-Jahren dort angesiedelt hatten und seither unerkannt dahinvegetierten. Zu seinem Schutz und zur Abschreckung hatte er sich in ein Gorillafell eingehüllt und sein Gesicht mit einer furchteinflößenden Maske vermummt. Dieser Schluß war für die Wirkung des *Events* vollkommen irrelevant, warf jedoch ein sympathisches, humorvolles Licht auf die Programmierer von *CyberHealth*.

Mit der Szene des *Affenbiests* im Kreise der Eingeborenen zusammen mit Leonard und seinem Team bei einem opulenten Essen nachts um ein loderndes Lagerfeuer blendete das *Event* aus, und das Raumlicht ging an. Leise betraten wieder die Techniker die Kabine, befreiten Leonard von seinem Helm und gingen wortlos hinaus. Eine Weile ließ man ihn allein, dann erschien Dr. Amiri, der sich mit Bedacht auf den Stuhl setzte, der wieder wie aus dem Nichts aus dem Boden hochfuhr und ihn liebevoll umfing. Er hatte ein Art Fernbedienung in der Hand und wartete geduldig darauf, daß die Wirkung des *Events* auf Leonard, dessen Brust sich hob und senkte, allmählich verebbte. Nach einer Weile sprach er ihn leise an.

"Herr Lansing, wie fühlen Sie sich?"

"Ganz gut, aber etwas benommen... ich wußte gar nicht, daß ich so ein Draufgänger bin..."

Ein feines Lächeln zog über Dr. Amiris Gesicht.

"Sind Sie auch nicht... wir haben Sie ein bißchen manipuliert..."

Leonard atmete tief durch und sah sich langsam um.

"Was erwarten Sie jetzt von mir? Wie geht es weiter?"

"Sie müssen gar nichts tun... sobald Sie sich erholt haben, gehe ich mit Ihnen das *Event* anhand Ihrer Reaktionen noch einmal durch..."

Leonard setzte sich gerade hin.

"Dann fangen wir gleich an, ich bin bereit..."

Der Arzt drückte auf zwei Knöpfe der Fernbedienung und zwei Monitore leuchteten auf. Der eine zeigte ein Standbild des *Events*, auf dem anderen waren Kurven und Grafiken zu sehen.

"Ihnen ist bestimmt aufgefallen, daß wir gehäuft Situationen ausgewählt haben, die mit *Vertrauen* zu tun haben... ein kleines Team im Dschungel, da muß man sich in Sekundenbruchteilen entscheiden..."

Leonard nickte, und Dr. Amiri wechselte rasch hintereinander die Standbilder auf dem linken Monitor, die auf dem rechten jeweils grafischen Darstellungen entsprachen, die sich stark ähnelten.

"Fällt Ihnen etwas auf?"

Leonard starrte auf die Monitore und sah Dr. Amiri fragend an.

"Die grafischen Muster sind fast alle identisch..."

"Ganz genau... doch bevor ich Ihnen das erkläre... wie haben Sie das *Event* insgesamt empfunden?"

Leonard zögerte.

"Ehrlich gesagt fühlte ich mich die ganze Zeit etwas überfordert..."

"Können Sie das präzisieren?"

"Wäre dieses Abenteuer real gewesen, hätte ich mich wahrscheinlich auf einzelne Episoden gar nicht eingelassen und mehr meinen eigenen Einschätzungen vertraut..."

Dr. Amiri lehnte sich mit einem zufriedenen Lächeln zurück und schaltete die Monitore wieder aus.

"Auf einem zweiten Meßgerät haben wir festgestellt, daß Sie jeweils mit starkem Widerstand antworteten, sobald wieder eine Vertrauens-Entscheidung fällig war... nur selten waren Sie mit dem einverstanden, was Ihr *Avatar* da trieb..."

"Und was bedeutet das?"

"Wir haben das Areal in Ihrem Hippocampus genauer betrachtet, in dem die allerersten Erlebnisse ab der Geburt gespeichert sind, und entdeckt, daß sich dort, bildlich gesprochen, die ausgeprägtesten Kerben finden... die späteren neuronalen Verknüpfungen erreichen nie mehr dieses Ausmaß, auch die heutigen, frisch gebildeten nicht... als schirmten Sie sich aus irgendeinem Grund vor tiefen, intensiven Empfindungen ab..."

Leonard beugte sich erregt vor.

"Wollen Sie damit sagen, Sie haben die Ursache meiner Hemmung gefunden?"

Dr. Amiri machte eine unbestimmte Geste.

"Ja und nein... neuronale Verknotungen tragen leider keine Überschrift..."

"Aber Sie sind sicher, daß diese frühen, auffälligen Kerben, durch heftige Erlebnisse gebildet, der Schlüssel zur Lösung des Rätsels sind..."

"So ist es..."

Leonard erschlaffte in seinem Sessel.

"Dann sind wir genauso weit wie zu Beginn..."

Der Arzt belebte sich wieder.

"Das würde ich nicht sagen... die Anzahl menschlicher Gefühlszustände ist begrenzt, und wir wissen ja jetzt, wo wir ansetzen müssen..."

"Was soll das heißen?"

"Im nächsten *Event* simulieren wir jedes erdenkliche Ereignis, dem ein Kleinkind ausgesetzt sein könnte... je näher es Ihrem realen Erlebnis kommt, desto extremer Ihre Reaktion, und wir nähern uns Ihrem Geheimnis..."

Leonard sah den Arzt lange an, der seinen Blick ruhig erwiderte, dann löste er sich aus seinem Sessel. Auch Dr. Amiri erhob sich, und der Stuhl verschwand sofort in der Versenkung. Leonard streckte ihm seine Hand entgegen.

"Also, dann komme ich nächsten Samstag wieder..."

"Abgemacht..."

Sie schüttelten sich die Hände, dann begleitete der Arzt Leonard zum Ausgang.

"Sollen wir Ihnen ein Taxi rufen?"

"Oh ja, bitte..."

Erst zu Hause merkte Leonard, wie erschöpft er war und wie sehr der Zweifel an ihm nagte, ob er jemals dieses dumpfe Bleigewicht loswurde, das ihn dazu zwang, sich ständig abzusichern und alles mit sich selbst abzumachen. Mechanisch schob er eine Tiefkühl-Lasagne in die Mikrowelle und ging früh zu Bett, doch er war so aufgewühlt, daß er lange wachblieb und das *Event* immer und immer wieder durchlebte.

Irgendwann fiel Leonard in wirre, beängstigende Träume und fand sich plötzlich in einem kleinen, verwahrlosten Kinderzimmer wieder. Auf dem Boden lag überall Spielzeug herum, mitten im Raum war ein Laufgitter aufgebaut, dessen Tür schief in den Angeln hing, ein überdimensionaler Hampelmann mit seitlich abgeknicktem Kopf war an die Wand genagelt, in einem offenen Schrank stapelte sich wertloser Krempel, und die Schubladen einer Kommode in der Ecke quollen über von Babywäsche. Schräg gegenüber stand ein Kinderbett mit einem schreienden Säugling darin. Er schrie schon eine ganze Weile, rot im Gesicht, Arme und Beine verkrampft und eng am Körper, doch niemand kam, um nach ihm zu sehen. Das kleine Wesen wurde immer leiser, bis es ganz verstummte. Der Kopf ruckte unruhig hin und her, wieder und wieder stießen Arme und Beine jäh ins Leere, die Augen nahmen einen Ausdruck von Ohnmacht und Qual an, der sich allmählich verfestigte, als sei es nicht das erste Mal, daß seine gellenden Hilferufe ungehört verhallten.

Leonard schreckte hoch, es war stockdunkel im Schlafzimmer und so entsetzlich still wie am Ende seines Alptraums, der sich wie das Standbild eines alten Zelluloidfilms, das in der Hitze verschmorte, wenn plötzlich der Projektor stillstand, in sein Hirn eingebrannt hatte. Er war schweißnaß und atmete schwer. Die Qualen, die er eben durchlitten hatte, waren so grausam echt und die Bilder so realistisch, daß es wie aufflammende Glut durch Leonard hindurchschoß - er war der Säugling, der dort lag und schrie und allmählich verstummte! Nur ein wahres Erlebnis konnte einen solchen Nachtmahr erzeugen, ausgelöst möglicherweise durch die emotionalen Erschütterungen während des *CyberEvents,* und es paßte genau in die Lücke seiner ersten beiden Lebensjahre. Er wußte jetzt, daß er die Wirklichkeit gesehen hatte, daß der Traum eine Erinnerung war.

Als sich am Sonntag Berenice vorsichtig per *Whats-App*-Nachricht bei ihm meldete, wurde dieses Wochenende endgültig zu einem Wendepunkt. Sie kündigte an, daß sie die ersten zwei Wochen ihrer Sommerschulferien auf einem Weingut mit angeschlossenem *Agriturismo* bei einer Freundin in Apulien, die dorthin geheiratet hatte, verbringen werde. Daraufhin rief Leonard an, druckste herum und stellte eine Frage, die ihn selbst überraschte.

"Gibt es dort auch Platz für zwei?"

"Leonard? Was ist passiert? Ich erkenne dich nicht wieder..."

"Ich werde dir später alles erklären..."

Sie trafen sich wieder regelmäßig, und Leonard war Berenice dankbar, daß sie ihn nicht zu Bekenntnissen drängte, auch wenn sie sich immer wieder zügeln mußte. Eine große Last war von seiner Brust genommen worden, doch er war sich noch nicht im klaren, was das für ihn bedeutete, und wollte erst mit ihr darüber reden, wenn er sich sicher war. Sie zeigte ihm Fotos von ihren früheren Aufenthalten im *Salento*, und Leonard, der sich bislang höchstens eine Woche oder zwei pro Jahr, aber nie am Stück, freigenommen hatte, spürte plötzlich ein Prickeln angesichts der sonnendurchfluteten Ursprünglichkeit dieser südlichen Landschaft. Berenice war hocherfreut, aber auch irritiert über seine neue Zugänglichkeit.

"Eines kann ich dir leider nicht garantieren..."

Leonard sah fragend von den Fotos hoch, und sie fuhr feixend fort.

"...den Streß, den du von deiner Arbeit gewohnt bist..."

Leonard legte einen Arm um sie und scrollte mit der freien Hand die Fotos auf ihrem Smartphone weiter.

"Wenn wir uns ranhalten, haben wir sämtliche Kirchen, Museen und sonstigen Sehenswürdigkeiten in vierzehn Tagen durch..."

25

Nach kurzer Diskussion einigten sie sich darauf, Berenice' Auto, einen *Renault Clio*, für die Fahrt zu benützen, weil Leonards *Maserati* im südlichsten Zipfel des Stiefels wohl eher als protzig und anmaßend aufgefallen wäre, außerdem konnte man ihn auf Italiens Autobahnen ohnehin nicht ausfahren. Der gemeinsame Urlaub war für beide ein Wagnis mit unsicherem Ausgang, da ihre Beziehung bislang im engen Korsett ihres Berufsalltags stattgefunden hatte, sie waren noch nie zusammen in einem Bett aufgewacht und hatten noch nie gemeinsam gefrühstückt.

Es war früh an einem strahlenden Sommermorgen, als sie sich auf ihre Reise machten. In der ersten Euphorie ihrer Vorbereitungen hatten sie erwogen, an einem Tag durchzufahren, um einen Reisetag einzusparen, doch das kam ihnen dann doch als unnötige Tortur vor, schließlich peilten sie Ancona als möglichen Zwischenstop an. Sie wählten die Route über die Tauernautobahn, obschon die Strecke etwas länger war als über den Brenner, in der Hoffnung, zügiger voranzukommen.

Sie waren von ihrer Entscheidung, gemeinsam zu verreisen, noch so aufgewühlt, daß sie die üblichen Unannehmlichkeiten zu Beginn der Urlaubszeit beim Massenstart in den Süden stoisch über sich ergehen ließen. Sie wechselten sich beim Fahren ab und machten nur kurze Pausen, da sie sich als Beifahrer jeweils ausreichend erholen konnten, und sie aßen Sandwiches, die sie mitgenommen hatten. Dennoch gerieten sie immer wieder in Staus oder hingen hinter notorischen Linksfahrern fest.

Hin und wieder, wenn Leonard auf den Beifahrersitz wechselte, blitzte in seinem Hirn das Bild aus seinem

Alptraum auf, er als schreiender Säugling, der allmählich resignierte und verstummte, weil niemand kam, um nach ihm zu sehen. Erst jetzt begann er den Schmerz zu ahnen, den er damals empfunden haben mußte, und zuckte zurück vor der Vorstellung, ihn irgendwann in seiner ganzen Wucht zuzulassen. Er sah zu Berenice hinüber, die mit großem Eifer das Auto lenkte, und einmal mehr verließ ihn der Mut, davon anzufangen. Irgendwie fürchtete er, es würde ihn schwächen und in eine Position manövrieren, in der er auf immer der Bedürftige war. Andererseits war er Berenice eine Erklärung schuldig für sein verändertes Verhalten, es war ja gewissermaßen die Bedingung dafür, daß sie sich wieder auf ihn eingelassen hatte, und er spürte, wie sie immer ungeduldiger darauf wartete. Er lehnte sich zurück und hoffte, daß sich die Gelegenheit irgendwann von selbst ergab.

Erst gegen Abend erreichten sie Ancona, und als sie das Schild mit dem Ausfahrtspfeil erblickten, wandte sich Leonard, der gerade am Steuer saß, an Berenice.

"Sollen wir da raus? Eigentlich habe ich keine Lust auf einen Stadtrundgang durch enge, stickige Gassen..."

Berenice lächelte ihm erleichtert zu.

"Bin froh, daß du auch so denkst... laß uns die nächste Ausfahrt nehmen..."

Bei Camerano verließen sie die Autostrada und fanden ein kleines, ruhiges Hotel. Sie unternahmen einen ausgedehnten, schweigsamen Spaziergang über die Felder, bevor sie im Hotel ausgiebig duschten und sich frischmachten, wobei jeder dem anderen übertrieben rücksichtsvoll den Vortritt anbot. Danach begaben sie sich in den Speisesaal, in dem nur ein paar Einheimische beieinandersaßen, um eine Kleinigkeit zu essen. Es war kein Ort, an dem man verweilen mochte, doch die weiche Luft, die Art, wie die Sonne vom Himmel brannte, die leichte Brise vom nahen Meer und die Müdigkeit von der Fahrerei hatten sie in den Zustand eines leisen Taumels versetzt.

Doch schon am Tisch fingen die Gedanken wieder an zu kreisen, um die gemeinsame Nacht, die es zu bewältigen galt, ohne die erwartungsvolle Stimmung zu trüben. Flüchtig studierten sie die Speisekarte, Berenice ließ sie sinken und sah Leonard an..

"Eigentlich habe ich gar keinen großen Hunger... mir reicht ein Teller Spaghetti..."

"Da sind wir uns ja einig..."

Der *Cameriere* trat an ihren Tisch, ein würdevoller, älterer Mann, und da er sah, daß er es mit ausländischen Gästen zu tun hatte, klärte er sie darüber auf, daß es etwas gab, was nicht auf der Karte stand, die über die Landesgrenze hinweg berühmten apulischen *Orecchiette*, <*Orecchiette con le cime di rapa*>, wie er beinahe ehrfürchtig flüsterte, und Leonard und Berenice taten ihm den Gefallen, andächtig dazu zu nicken und die entsprechende Bestellung aufzugeben. Er war untröstlich, daß es nur bei diesem einen Gang blieb, wohl auch, weil es sein Trinkgeld schmälerte, trug es jedoch mit der Fassung eines Menschen, der in seinem Beruf Kummer gewohnt ist und Fremden ohnehin keine Lebensart zutraute. Die *Orecchiette* stellten sich als aufgewärmt und pappig heraus, sie spülten sie mit Mineralwasser hinunter und bestellten noch einen *Espresso,* dann war es Zeit, ihr Zimmer aufzusuchen.

Eine leichte Befangenheit beschlich sie, als sie es betraten, die Leonard sogleich zu entschärfen versuchte. Er trat feierlich auf Berenice zu, zog sie fest an sich heran und sah ihr tief in die Augen.

"Jetzt wird es ernst..."

"Ja, noch ist es Zeit für ein zweites Zimmer..."

Sie versanken in einen langen, intensiven Kuß, dann bereiteten sie sich schweigend für die Nacht vor. Beide registrierten aus den Augenwinkeln, daß das Bett zwar breit war, aber nur aus einer Matratze bestand, und daß eine ebenfalls einteilige Zudecke darauf lag. Fast gleichzeitig legten sie sich nackt unter die Decke und schauten sich ratlos an, verwirrt von dieser neuen, ungewohnten Form ihrer Zweisamkeit, dann prusteten sie los und taten das, was sie am besten konnten, sie gaben ihrem heißen Begehren nach.

Später, als sich ihre Gliedmaßen allmählich wieder entwirrten, suchte Berenice' erstaunter Blick im Dunkeln Leonards Augen. Sie hatte seine Leidenschaftlichkeit erlebt wie immer, doch ohne das Zwanghafte, das ihr bisweilen anhaftete.

"Du bist ja wahrhaftig ein neuer Mensch..."

Leonard lächelte sphinxhaft, eine Hand auf ihrer Brust.

"Bin ich auch... ich habe mir eine neue Software verpassen lassen..."

Berenice war plötzlich hellwach.

"Ist das wahr? Hast du etwas unternommen?"

"Nicht so, wie du vielleicht denkst..."

"Es klingt nach dieser Psychofirma, *CyberHealth*... ich habe neulich etwas darüber gelesen..."

Leonard verwünschte sich für seinen dummen Spruch, jetzt mußte er Schadensbegrenzung betreiben.

"Du wirst lachen, da war ich tatsächlich..."

"Und? Wie war's?"

"Kommt darauf an, was man erwartet..."

"Was hast *du* erwartet?"

"Ich wollte mich eigentlich nur informieren... Wenn man Glück hat, spüren sie mit ihren hochauflösenden MRTs deine Schwachstellen auf..."

"Was bedeutet das?"

"*Agoraphobie* zum Beispiel... sie lokalisieren die entsprechenden neuronalen Verknüpfungen und versuchen sie mit ihren *CyberEvents* zu löschen oder zu neutralisieren und durch positive *Neurogenese* zu ersetzen..."

"Klingt reichlich phantastisch..."

"Ist es auch... hängt offenbar stark von der psychischen Befindlichkeit ab und der Präzision der Geräte..."

Berenice schwieg eine Weile, dann drehte sie sich zu Leonard herum und schob ihr Gesicht nah an seins heran.

"Und wie war es bei dir? Hast dich testen lassen?"

"Sie haben mich dazu überredet..."

"Und? Sag schon..."

Wieder dieser bohrende, auffordernde Blick.

"Sie haben auffällige Ausformungen aus meiner frühesten Kindheit festgestellt... sie meinen, da läßt sich etwas machen..."

"Und was meinst *du*? Was könnte das sein?"

Leonard lächelte abwägend und sah an die Decke, dann küßte er Berenice flüchtig auf den Mund.

"Ich denke darüber nach und versuche, locker zu bleiben... gib mir noch etwas Zeit..."

Er rollte sich, ihr zugewandt, zur Embryostellung zusammen und hielt ihre Hand.

"Gute Nacht..."

"Wünsch' ich dir auch..."

Berenice blieb auf dem Rücken liegen und schlief erst gegen Morgengrauen ein. Doch auch Leonard fand nur mühsam zur Ruhe, auch wenn sein ruhiger Atem auf das Gegenteil schließen ließ. Er hatte sich Zeit verschafft, doch insgeheim hatte er bereits entschieden, die Erinnerung an seinen Alptraum noch eine Weile für sich zu behalten, sollte Berenice weiter Druck auf ihn ausüben.

Am Morgen wachte Leonard gewohnheitsmäßig früh auf, während Berenice noch im tiefsten Schlummer lag. Geräuschlos ging er ins Bad, wo er einige seiner Übungen machte, Liegestützen, Kniebeugen und Klimmzüge an der Duschstange. Als er fertig angezogen war, schlief Berenice immer noch, und so entschloß er sich, ihr eine Kanne Tee zu besorgen, den sie morgens lieber trank als Kaffee.

Als er mit dem Tee zurückkam, saß sie schlaftrunken aufrecht im Bett und sah erschrocken um sich. Er setzte sich zu ihr und küßte sie auf den Mund.

"Du hast wohl gedacht, ich bin auf und davon, dabei habe ich die ganze Nacht überlegt, was ich dir Gutes tun kann..."

Er schenkte ihr eine Tasse ein, Berenice nahm zwei Würfelzucker und rührte um.

"Das ist lieb von dir..."

Sie nahm einen Schluck und behielt die Tasse in der Hand.

"Es ist ungewohnt und aufregend, was wir machen... findest du nicht?"

"Millionen tun das und denken nicht darüber nach..."

Berenice lächelte versonnen.

"Aber alle wollen Prinz und Prinzessin sein..."

Sie sah Leonards ironischen Blick auf sich ruhen und setzte hastig die Tasse ab.

"Ich beeil' mich mit dem Anziehen, du kannst ja schon frühstücken gehen..."

"Nein, nein, ich gehe ein bißchen an die frische Luft... ruf mich, wenn du fertig bist..."

Das Frühstück war eine frugale Angelegenheit, doch sie wollten ja ohnehin so schnell wie möglich auf die Autobahn zurück. Sie packten ihre Sachen zusammen, und Leonard zahlte mit seiner Kreditkarte, nachdem er mit großer Bestimmtheit den Vorschlag von Berenice abgelehnt hatte, die Rechnung zu teilen.

Beide waren in gelöster Stimmung, sie hatten die Klippe der ersten gemeinsamen Übernachtung glücklich umschifft, auch wenn Berenice Leonards Bitte, ihm Zeit zu lassen, über seine Befindlichkeit zu reden, bei Tageslicht wieder als Ausflucht und mangelndes Vertrauen empfand, doch immerhin war es ein Anfang.

Gegen Nachmittag erreichten sie Bari und stießen immer tiefer in den Stiefelabsatz vor. Weinberge breiteten sich aus, Plantagen mit Zitrusfrüchten, und von ferne sahen sie Olivenhaine, die teilweise stark befallen waren von dem Bakterium *Xylella fastidiosa*, das die Bäume verdorren ließ und gegen das es nur ein Gegenmittel gab, man mußte sie fällen und durch neue ersetzen.

Bei Corigliano d'Otranto fuhren sie von der Autobahn ab, kauften in einem Supermarkt das Nötigste für ein Frühstück ein und gelangten über Nebenstraßen schließlich an ihr Ziel. Unterwegs konnte man die Verwüstung, welche dieses bösartige Bakterium in den Olivenhainen angerichtet hatte, in ihrem ganzen Ausmaß erkennen. Das Haupthaus des Weinguts, umgeben von kleineren Gebäuden, die größtenteils für den *Agriturismo* umgebaut worden waren, lag auf einer sanften Anhöhe mitten in den sich endlos dehnenden *Primitivo*-Reben.

Selma, die Freundin von Berenice, eine kräftige junge Frau in Arbeitskleidung und Gummistiefeln, begrüßte sie herzlich und zeigte ihnen gleich ihr Domizil: Eine Wohnung im ersten Geschoß eines turmartigen Gebäudes mit Bad, zwei kleinen Schlafräumen, einer großen Wohnküche, und als große Überraschung führte eine Treppe von der Küche auf das von einer Mauer umfaßte, betonierte Flachdach hinauf, wo bequeme Liegen, Tische, Stühle, ein Grill, großflächige Sonnenschirme und sogar ein Kühlschrank bereitstanden. Außen herum führte eine Wendeltreppe aufs Dach, sodaß die Terrasse auch für die anderen Gäste zugänglich war. Es war ein Traum, und sie wurden auch gleich zum Abendessen bei ihrer Familie eingeladen, wo es lässig und wenig förmlich zuging.

Zurück in ihrer Behausung stellte sich die Frage, wie sie die Nacht verbringen wollten, beide Schlafzimmer verfügten über Doppelbetten, doch Berenice und Leonard kamen rasch überein, daß sie zumindest heute ungestörte Erholung brauchten und es besser war, wenn jeder in seinem eigenen Zimmer schlief. Sie trennten sich nach einer langen Umarmung und wünschten sich eine gute Nacht.

Während Berenice noch lange darüber rätselte, ob es eine gute Idee von ihr gewesen war, mit Leonard so kurz nach ihrer Versöhnung zu verreisen, und was sie sich eigentlich von ihm erhoffte, fiel Leonard schnell in einen tiefen Schlaf, der dann plötzlich sehr unruhig wurde und wieder in den Alptraum mündete, den er schon kannte. Doch diesmal war er nicht der distanzierte Beobachter, der sich beim Schreien und Weinen zusah, er war es selbst, der dort lag und die unendlichen Qualen des Verlassenseins durchlitt. Er wachte auf und spürte, wie es ihn schüttelte und Tränen über seine Wangen liefen. Er ließ ihnen freien Lauf und zog nur fest die Decke über den Kopf, damit Berenice ihn nicht hörte. Allmählich wurde er ruhiger, und die Tränen versiegten. Er richtete sich auf, lehnte sich gegen die Wand und empfand auf einmal einen göttlichen Frieden. Er streckte die Arme aus und zog die Beine nahe an seinen Körper, er spürte seine Kraft, seine Lebendigkeit, und auch wenn er noch öfter diesen gräßlichen Alptraum erdulden sollte, wußte er jetzt, daß diese Gefühle zur Vergangenheit gehörten, zu dem Säugling, der er nicht mehr wahr. Nicht, daß sie ihn nicht auch in seinem Leben als Erwachsener heimsuchen konnten, er war nur nicht mehr so ausgeliefert und hilflos wie damals. Leonard rollte sich in Embryostellung zusammen und schlief sofort ein. Zur gleichen Zeit lauschte Berenice dem seltsamen Laut hinterher, von dem sie glaubte, geweckt worden zu sein - ein brünftiger Kater, eine rollige Katze, ein weit entfernter Kauz? Es war menschlicher gewesen, vielleicht der Schrei von einem der Kinder im Haupthaus, das schlecht geträumt hatte. Doch kein weiteres Geräusch durchdrang die Stille, Berenice schloß die Augen und schlummerte wieder ein.

26

Um sechs Uhr früh wachte Leonard auf, von Berenice' Zimmer drang kein Laut zu ihm. Er machte flüchtig seine Übungen, zog seine Laufschuhe an und trabte kreuz und quer, ohne sich zu verausgaben, durch die ausgedehnten Weinberge. Es war noch kühl und versprach wieder ein heißer, wolkenloser Tag zu werden. Hin und wieder begegneten ihm Einheimische, die sich zur Arbeit auf dem Weingut einfanden, sonst störte kein menschlicher Laut die paradiesische Ruhe.

Nach einer ausgiebigen Dusche bereitete Leonard ein improvisiertes Frühstück vor, sie hatten sich gestern darauf verständigt, sich nicht gleich am ersten Morgen unter die anderen Gästen im Gemeinschaftsraum zu mischen. Er fühlte sich so leicht und sorglos wie noch nie in seinem Leben. Er brühte gerade Tee auf und stellte für sich den Espressokocher auf den Herd, den er im Küchenschrank gefunden hatte, als er Berenice im Bad rumoren hörte und sie gegen acht Uhr verschlafen in der Wohnküche erschien. Sie hatte sich noch nicht angezogen und sah etwas verloren aus, wie ein Kind, das lange braucht, um sich in der Wirklichkeit zurechtzufinden, aber auch verführerisch in ihrem leichten Nachthemd und mit ihren verstrubbelten Haaren.

"Du bist schon auf?"

"Ich war schon joggen..."

Sie umarmten und küßten sich, und bevor das nächste Wort fiel, landeten sie in Berenice' Zimmer verknäult auf dem Bett und lösten sich erst viel später schwer atmend wieder voneinander. Leonard drehte sich erschlafft zu ihr um.

"Es scheint doch unsere Bestimmung zu sein..."

Berenice schob sich eng an ihn heran.

"...und wir werden nichts von der Umgebung sehen..."

Sie wälzten sich träge aus dem Bett, duschten und kleideten sich an. Danach, beim Frühstück, waren sie wieder eigenartig befangen, noch verband sie nichts Gemeinsames, auf das sie sich beziehen konnten, und über ihre Vorlieben im Urlaub hatten sie nie gesprochen. Beide gaben sich locker, suchten aber verzweifelt nach einem Anknüpfungspunkt und hofften, daß der andere den Anfang machte. Als das Frühstück sich dem Ende näherte, war es schließlich Berenice, die sich ein Herz faßte.

"Was hältst du davon, wenn wir ans Meer fahren? Wir haben es gestern die ganze Zeit aus der Ferne gesehen, ich möchte so bald wie möglich hinein tauchen..."

Leonard war erleichtert über ihren Vorschlag, ihm war nichts derartiges eingefallen.

"Gute Idee, schauen wir doch auf die Karte..."

Sie räumten den Küchentisch ab, breiteten die Karte aus und entschieden sich für Gallipoli, weil es dort Sandstrand gab, auch wenn sie etwas länger unterwegs waren.

Die Fahrt verlief schweigsam, es gab viel zu sehen und bot beiden viel Raum für Gedanken. Das Auto erzeugte eine Illusion von Dynamik, als seien sie es, die sich bewegten. Sie machten sich gegenseitig auf vieles aufmerksam, ein verwittertes, bizarres Haus, einen großen, weißen, langmähnigen Hund mit abgebissenem Schwanz, den klassischen Karren, den ein Esel zog.

In Gallipoli fuhren sie zum Stadtstrand, nahmen nur das Nötigste mit und tauchten ein in die warmen Fluten.

Beide waren geübte Schwimmer, und so tobten sie sich zuerst gründlich aus, bevor sie sich im brusthohen Wasser einfach den sanften Wellen überließen. Sie blieben so lange auf ihren Badetüchern liegen, bis sie trocken waren, zogen sich an, bummelten durch die Altstadt und genossen die Atmosphäre von Weltvergessenheit, die durch die alten Mauern wehte, beide waren zu träge und zu sehr im Hier und Jetzt verhaftet, um in ihrem Reiseführer die Bedeutung der majestätischen Baudenkmäler nachzuschlagen. In einem kleinen Lokal am Strand, in dem nur Einheimische saßen, aßen sie marinierten Fisch, *Scapece gallipolina*, und als Dessert frisch gemachte *Pasticciotti*. Noch ganz erfüllt von ihren Erlebnissen, machten sie sich gemächlich auf den Heimweg.

Zurück in ihrem Wohnturm ruhten sie sich erst ein wenig aus, dann stieg Berenice mit einem ihrer Bücher, die sie für den Urlaub mitgenommen hatte, auf die Terrasse, wo bereits einige der anderen Gäste auf Matten hingegossen in der Sonne lagen. Sie spannte einen Schirm auf, machte es sich in einem Liegestuhl bequem und begann zu lesen. Bald gesellte sich Leonard zu ihr in den Schatten, sie lächelten sich zu, dann zog er ebenfalls einen Liegestuhl zu sich heran und rief auf seinem Smartphone die Nachrichten ab. Mia berichtete ihm, daß mit dem Autozulieferer alles nach Plan laufe und daß sie ihn beneide, und Leonard mußte eine Weile nachdenken, bis ihm wieder einfiel, wie Mia mit Nachnamen hieß. Er klickte auf die Links, die ihm von seiner Firma zugeschickt wurden und ihn jeweils über die neusten Entwicklungen in seiner Branche auf dem laufenden hielten. Was er früher gierig verschlungen hatte, kam ihm jetzt wie eine Fremdsprache vor. Er zappte durch die Neuigkeiten aus aller Welt und ertappte sich dabei, daß er von einer Überschrift zur anderen sprang, ohne sich in die Beiträge zu vertiefen. Er setzte sich die Kopfhörer auf, wechselte zu *YouTube* und suchte nach *Heroes* von *David Bowie,* dann schloß er die Augen und ließ sich von einem Song zum nächsten treiben. Ab und zu sah Berenice von ihrem Buch auf und wunderte sich über den friedlichen Ausdruck auf seinem Gesicht. Sie fühlte sich ausgeschlossen und hätte für ihr Leben gerne gewußt, was er da hörte und ihn in diesen beinahe meditativen Zustand versetzte, doch sie wollte nicht wieder die Spielverderberin sein.

Gegen Abend standen sie auf, machten sich fürs Abendessen fertig und gingen in den Gemeinschaftsraum, der jetzt als Speisesaal diente. Der Tisch war gedeckt, Wasserkaraffen und Weinflaschen waren darauf verteilt, frisches Brot lag in Körben. Unvermittelt roch es nach Küche, dann erschienen Selma und einige Helferinnen aus dem Dorf und trugen das Essen in Terracotta-Töpfen herein, *Tiella di riso, patate e cozze*. Die meisten Gäste, fast ausnahmslos Landsleute von Berenice und Leonard, hatten bereits Platz genommen, nahmen ihre Teller und ließen sie sich von den jungen Mädchen füllen, die stolz lächelnd diese apulische Spezialität servierten. Selma, ganz in ihrem Element, erblickte Berenice und Leonard, winkte sie zu sich heran und nahm ihre Teller entgegen.

"Ihr habt Glück, heute gibt es etwas typisch Apulisches..."

Berenice strahlte, und Selma blickte Leonard an.

"Ich hoffe, du magst Muscheln... ich sage einfach du zu dir, okay? Berenice ist verrückt danach..."

Leonard sog genußvoll den Duft ein und lächelte.

"Die mag ich sehr... müssen ganz frisch sein..."

"Na klar... dann wünsche ich *buon' appetito*..."

Selma lachte ihnen zu und bediente bereits den nächsten Gast. Sie nahmen ihre Teller und setzten sich zu den anderen, die schon mit dem Essen begonnen hatten und ihnen freundlich zunickten. Wassergläser wurden gefüllt und Wein eingeschenkt. Leonard hielt Berenice den Brotkorb hin und bediente sich selbst, dann griff er nach einer der Weinflaschen und studierte das Etikett.

"Ein einfacher Primitivo... magst du einen Schluck?"

"Oh ja, bitte..."

Leonard goß etwas von dem Wein in ihr Glas, hielt inne und schenkte sich dann selber ein. Überrascht sah Berenice auf.

"Ist das dein Ernst? Meinetwegen muß das nicht sein.."

Leonard roch an dem Glas und nahm einen Schluck.

"Fantastisch... ganz weich und rund..."

Erneut erhob er sein Glas und hielt es Berenice entgegen. Zögernd stieß sie mit ihm an, dann tranken sie schweigend, und Berenice nickte ihm zu.

"Wirklich hervorragend..."

Lauernd sah sie ihn an.

"...aber woher dieser Sinneswandel?"

"Ich weiß nicht... die Luft, daß ich keine Verpflichtungen habe... und es ist das erste Mal, daß mir ein Wein wirklich schmeckt..."

Leonard aß mit großem Appetit und trank immer wieder in kleinen Schlucken, von Berenice mißtrauisch aus den Augenwinkeln beäugt. So sehr sie sich darüber freute, daß Leonard immer gelöster wurde, so sehr nagte es an ihr, daß sie über die Gründe nichts wußte, und es verfestigte sich in ihr der Verdacht, daß etwas Entscheidendes mit ihm geschehen war und er sie vorsätzlich im unklaren ließ. Gewiß, sie hatte ihn massiv bedrängt, und es war nur natürlich, daß er sich zurückhielt, aber warum war er mit ihr zusammen verreist, wenn er nicht die Absicht hatte, sich ihr zu öffnen? Oder war es nur ein Frage der Zeit?

Leonard spürte, daß Berenice sein rätselhaftes Verhalten beunruhigte, möglicherweise fürchtete sie, er würde sich am Ende doch noch als Alkoholiker entpuppen.

"Keine Sorge, Berenice, ich gebe nicht plötzlich einem heimlichen Laster nach... ich trinke, weil es mir schmeckt, und nur soviel, bis ich einen halben Zentimeter über dem Boden schwebe..."

Das Bild war gar nicht schlecht gewählt, er fühlte sich tatsächlich in einem Zustand von Entrücktheit und Unbekümmertheit, den er so noch nie erlebt hatte, und er hatte auch nicht das Bedürfnis nach mehr, aber das konnte Berenice natürlich nicht ahnen.

Sie tranken noch einen Espresso, verabschiedeten sich von den anderen und gingen noch ein wenig spazieren. Die Sonne war untergegangen, doch die Hitze hatte kaum nachgelassen, sie machte träge und verführte zum Leichtsinn. Leonard tänzelte ein paar Schritte voraus und kickte einen Stein aus dem Weg.

"Geht es dir auch so? Ich bin erst den dritten Tag hier und weiß kaum noch, wie mein Büro aussieht... vermißt du die Schule?"

Berenice warf einen kurzen Blick auf ihn. Was wollte er damit sagen? Was für eine Antwort erwartete er von ihr? Warum zum Teufel konnte sie nicht einfach spontan reagieren?

"Ich war ja schon öfter hier, aber du hast recht... man fühlt sich ein wenig wie aus der Welt..."

"Ein einfaches Leben... kannst du dir das vorstellen?"

Jetzt mußte Berenice lächeln.

"Tja, wenn mir wie Selma ein Weingut gehörte..."

Sie mußten beide lachen und gingen in ihre Behausung zurück. Berenice hoffte noch auf eine Fortsetzung und Vertiefung des Gesprächs, denn ohne Grund stellte man nicht solche Fragen, dachte sie, doch von Leonard kam nichts mehr.

Zum Schlafen war es noch zu früh, trotzdem machten sie sich für die Nacht fertig, und sie schienen sich unausgesprochen darin einig zu sein, daß jeder in seinem Bett schlief. Etwas unsicher erschien Leonard daher in der Tür zu Berenice' Zimmer.

"Hast du etwas zu lesen für mich? Meinen Computer brauch' ich eigentlich nur für die Arbeit..."

Erstaunt sah sie ihn an.

"Aber sicher... leider nur Belletristik..."

"Hauptsache spannend..."

"Ich habe gerade den ersten Band von *Elena Ferrantes* vierteiligem Roman ausgelesen... den könntest du haben..."

"Worum geht es da?"

"Es ist die Geschichte zweier Freundinnen, 1944 in Neapel geboren..."

Leonard mußte lachen.

"Am Ende werd' ich noch zum Feministen..."

"Es geht um ihre Kindheit, ihre Jugendzeit, wie sie sich entwickeln..."

Aufmerksam forschte Berenice in Leonards Augen nach einer Reaktion, doch er lächelte nur.

"Hab' schon verstanden..."

Feierlich überreichte sie ihm das dicke Buch.

"Gute Nacht..."

"Gute Nacht..."

Sie küßten sich zart auf den Mund, dann wurde es still in den beiden Zimmern.

27

Die nächsten Tage liefen nach ähnlichem Muster ab, krampfhaft versuchten sie in Bewegung zu bleiben, um Momente des Stillstands zu vermeiden, die zu einer Aussprache hätten führen können. Irgendwie hatten sie den Augenblick verpaßt, sich einander wieder anzuvertrauen, vielleicht fürchteten sie auch neue Mißverständnisse, die zu einer noch größeren Entfremdung führen könnten. Nach wie vor fühlten sie sich wohl zusammen, auch wenn es vor allem die erotische Anziehung war, doch da beide mehr von einer Beziehung erwarteten, machte sich insgeheim eine gewisse Ernüchterung breit.

Sie fuhren nach Otranto zu einem ausgedehnten Stadtbummel, ohne die Sehenswürdigkeiten zu würdigen, nach Alberobello, um die berühmten *Trulli* gesehen zu haben, und machten immer wieder Ausflüge ans Meer. Nachmittags lasen sie, Leonard hörte Musik oder sie lagen auf der Terrasse träge in der Sonne. Abends blieb Leonardo bei seinen ein, zwei Gläsern Wein, was Berenice immer wieder aufs neue beunruhigte, als warte sie nur darauf, daß am Ende eine ganze Flasche oder mehr daraus wurde.

Von Selma hatten sie den Tip bekommen - nicht ohne Leonard wegen der Namensgleichheit damit aufzuziehen -, wenigstens einmal die *Trattoria da Leonardo* in Maglie aufzusuchen, wo es nach ihrer Meinung das beste Essen im Salento gab, nicht nur einheimische Spezialitäten, sondern die ganze Palette an Köstlichkeiten aus der italienischen Küche, alles frisch und die Teigwaren aus eigener Herstellung. Da sich fast alle Urlaubsgäste dafür interessierten, mieteten sie zwei Tage vor ihrer Abreise für einen Abend einen Kleinbus, da keiner von ihnen auf Wein verzichten wollte.

Die Trattoria befand sich ebenerdig in einem alten Haus und war bereits mehrfach renoviert worden, sie war seit Generationen in der Hand der Familie Ottaviano, die in den zwei Etagen darüber wohnte. Der große Gastraum, ganz schlicht in dunklem Holz gehalten und von indirektem, warmen Licht dezent erhellt, umfaßte knapp zehn Tische, die alle mit weißem Leinen gedeckt waren. Kerzen in silbernen Haltern sorgten zusätzlich für eine intime Atmosphäre, und durch eine aufwendige, diskret arbeitende Klimaanlage herrschte eine angenehme Temperatur.

Als Berenice, Leonard und die anderen von Selmas Ferienwohnungen dort eintrafen, waren alle Tische außer ihrem bereits besetzt, alles Einheimische, nach den Autos auf dem Parkplatz zu schließen auch viele von außerhalb. Berenice, die das Lokal von früher kannte, spielte die Vermittlerin, doch es ging alles sehr unkompliziert zu und die Verständigung klappte auch mit den Händen. Sie bestellten alles durcheinander, jeder wollte beim anderen probieren. Hier gab es auch die berühmten *Orecchiette*, und sie schmeckten auch so, wie sie sollten. In der Küche und hinter dem Tresen arbeitete die ganze Familie in aller Ruhe, sie waren höflich und zuvorkommend zu den Gästen, doch sie biederten sich nicht an.

Als alle einen vollen Teller vor sich hatten und mit Wasser und Wein versorgt waren, prosteten sie sich zu und griffen nach dem Besteck. Die Unterhaltung drehte sich nur noch ums Essen, und die Blicke, auch die von Berenice und Leonard, froh um diese Atempause, wanderten interessiert im Gastraum umher.

In einer Ecke nahm eine Großfamilie, die einen Geburtstag feierte, fast ein Drittel der Tische ein. Bei ihr zeigte sich auf unnachahmliche Weise die Kunst der Südländer, ihre Feste zu feiern, mit dieser seltenen Balance zwischen Ausgelassenheit und Disziplin, Lässigkeit und Rücksicht auf die anderen Gäste. Es ging lebhaft zu und manchmal auch laut, aber nie würde ein solches Beisammensein in streitsüchtiges Geschrei ausarten oder in einem stumpfsinnigen Besäufnis enden.

Eine junge Frau fiel besonders auf, sie hatte ein feingeschnittenes, ovales Gesicht, große, wache Augen und schwarzes dichtes Haar, das sie sich von Zeit zu Zeit mit einer schmalen, kräftigen Hand aus dem Gesicht strich. Sie wirkte sehr feminin, eher schlank als üppig, und obwohl sie mitten unter den anderen Familienangehörigen saß, sah es so aus, als ob sie mehr für sich sei. Sie war es auch, die immer wieder aufstand und die Kinder, die plötzlich vom Stuhl rutschten und sich trotz der Zurufe der Eltern gegenseitig jagten und sich irgendwo im Lokal versteckten, voller Anmut und mit geschmeidigen Bewegungen an den Tisch zurück brachte. Sie sprach ruhig auf sie ein, und statt sie hinter sich her zu zerren, hob sie sie einfach hoch, als ob sie nichts wogen, und setzte sie wieder auf ihren Sitzen ab. Die Kinder schienen das zu genießen und als Spiel zu begreifen, denn sie fingen sogleich wieder von vorne an.

Am Tisch von Leonard und Berenice war man mittlerweile bei *Cartellate* und *Espresso* angelangt, kaum einer, der nicht zu viel gegessen hätte, aber in diesem unvergleichlichen Ambiente bedauerte das niemand. Sie zahlten und teilten sich die Rechnung, dann brachen sie widerstrebend auf. Auf dem Weg zum Ausgang kamen sie auch an den Tischen der Großfamilie vorbei, die noch keine Anstalten machte, ihre Feier zu beenden. Unwillkürlich warf Leonard einen Blick auf die junge Frau, die er vorhin beim Kindereinfangen beobachtet hatte, und stellte fest, daß sie ihm mit ihren Augen folgte. Neben ihr saßen lauter Frauen, und keine von ihnen sah auch nur auf. Er wollte ihr schon zunicken, als er Berenice an seiner Seite spürte, die mit den anderen an ihm vorbei zum Ausgang strebte, kurz zurückschaute und ihm zulächelte. Leonard nahm gerade noch wahr, daß die junge Frau ihre gerade, aufrechte Haltung nicht aufgegeben hatte, und er bildete sich ein, auf ihrem Gesicht ein leises, spöttisches Lächeln aufblitzen zu sehen.

Als am Morgen darauf die Sonne aufging und Leonard durch den Weinberg joggte, am letzten Tag vor der Abreise, wurde ihm schlagartig klar, daß er nicht in sein altes Leben zurückkehren würde. Er hatte keine Ahnung, wie er es Berenice erklären sollte oder *A&A Consulting*, er konnte auch nicht sagen, was ihn dazu trieb, er spürte nur, daß etwas mit ihm geschah, das er auf keinen Fall abbrechen wollte, daß etwas in der Schwebe war, das er unbedingt abwarten mußte. Er dachte an Berenice und wie sehr es sie verletzen würde, wenn er damit herausrückte, und sein Herz wurde schwer. Er sah ihre dunklen, fragenden Augen auf sich gerichtet und stellte sich vor, wie sie zusammenbrach. Doch er konnte ihr nicht helfen, es hatte nichts mit ihr zu tun. Selbst wenn sie aufhörte, in seinem Inneren zu bohren und ihn so nahm, wie er war – was oder wer war er denn? Wohin führte ihn sein Weg? Das mußte er zuerst einmal selbst herausfinden.

Berenice bemerkte sein verändertes Wesen, als er aus der Dusche kam, und traute sich auch diesmal nicht, ihn darauf anzusprechen. Sie frühstückten im Gemeinschaftsraum und entschlossen sich, ein letztes Mal ans Meer zu fahren. Beide waren einsilbig, sie spürten, daß etwas zu Ende ging, jeder auf seine Weise, doch dieses letzte gemeinsame Erlebnis wollten sie nicht durch einen Streit, ein unbedachtes Wort aufs Spiel setzen, sie warfen sich in die Wellen, ließen sich vom Meerwasser umspülen und fuhren schweigend wieder zurück.

In der Turmwohnung fing Berenice an, einige Sachen zusammenzupacken, und für Leonard war der Augenblick gekommen, Farbe zu bekennen. Er stand an den Türrahmen ihres Zimmers gelehnt.

"Hör zu, Berenice, ich fahre nicht mit dir zurück..."

Berenice schien nicht gehört zu haben, was er sagte, denn sie fuhr einfach in ihrer Tätigkeit fort.

"Hast du gehört? Ich will nicht in mein altes Leben zurück..."

Erst jetzt hielt Berenice inne, sie setzte sich auf den Rand ihres Bettes und sah ihn mit müden Augen an. Alle Kraft schien aus ihr gewichen.

"Du willst hierbleiben? Wie stellst du dir das vor? Diese Wohnung ist bereits wieder vermietet..."

Quälend lang sahen sie sich an, dann warf sich Berenice bäuchlings aufs Bett und brach in heftiges Schluchzen aus. Behutsam setzte sich Leonard zu ihr, faßte sie aber nicht an. Die Tränen versiegten allmählich, und Berenice blieb, von ihm abgewandt, auf dem Bett liegen. Leonard legte ihr eine Hand auf die Schulter, doch sie schüttelte sie heftig ab. Er sprach zu ihrem Rücken.

"Ich verstehe, daß dir das einen Schock versetzt... aber es hat nichts mit dir zu tun..."

Berenice warf sich herum und setzte sich aufrecht hin. Ihre Augen waren gerötet und in Wut entflammt.

"Womit denn sonst? Oder hältst du mich auch jetzt nicht für würdig, an deiner Befindlichkeit teilzuhaben?"

"Ich kann es doch selbst nicht erklären..."

"Du hast es doch gar nicht versucht..."

Leonard wandte sich wortlos ab. Berenice starrte auf seinen Hinterkopf und ließ sich auf den Rücken fallen.

"Bitte, laß mich jetzt allein..."

Leonard erhob sich langsam, und Berenice drehte sich von ihm weg. Widerstrebend ging er zur Tür und machte sie leise hinter sich zu. Unschlüssig stand er eine Weile in der stillen Wohnung und machte sich dann auf die Suche nach Selma. Er fand sie im Gemeinschaftsraum, wo sie Geschirr in einen Schrank einräumte. Sie drehte sich um und sah ihm sofort an, daß etwas nicht in Ordnung war.

"Leonard? Was ist los? Ihr wolltet doch ans Meer?"

"Waren wir auch... nur... es ist so... ich werde morgen nicht mit Berenice nach Hause fahren..."

Selma stellte das Geschirr ab und machte ein betroffenes Gesicht.

"Habt ihr euch... gestritten?"

"Nicht wirklich... ich bin nur etwas durcheinander und möchte erstmal mit mir selbst klarkommen..."

Selma war eine rational denkende Frau, die sich nicht leicht aus dem Gleichgewicht bringen ließ.

"Schade, aber das geht mich ja nichts an... nur hier bleiben kannst du nicht... morgen kommen neue Gäste.."

"Das weiß ich... aber du kennst sicher eine Pension..."

Selma schichtete die restlichen Teller in den Schrank.

"In der Nähe gibt es noch ein Weingut mit *Agriturismo*... vielleicht haben die noch etwas frei..."

"Das wäre ganz toll... und ein Auto könnte ich auch gebrauchen..."

Selma schloß den Schrank und sah Leonard mit ungläubigem Lächeln an.

"Du bist mir einer... in Nullkommanichts vom liebenden Freund zum unabhängigen Single... komm mit, ich will dir was zeigen..."

Sie traten aus dem Speisesaal ins Freie, und Selma deutete auf einen schwarzen *Alfa Romeo Mito*, der unter einem Carport stand.

"Diesen *Mito* kannst du haben... wir wollen ihn verkaufen, aber das hat keine Eile..."

"Du bist echt ein Schatz... ich zahle natürlich das Übliche..."

Selma winkte ab.

"Ich vertraue dir... und wegen dem Zimmer sag' ich dir Bescheid..."

Leonard wollte wieder in die Turmwohnung zurück, doch Selma stellte sich ihm in den Weg.

"Wo willst du hin? *Ich* kümmere mich um Berenice..."

Das Abendessen nahmen Leonard und Berenice mit versteinerten Gesichtern ein, was auch den anderen Gästen auffiel, dann zogen sie sich schweigend in ihre Zimmer zurück.

Am Abreisetag saß Leonard allein beim Frühstück und wartete draußen, bis Berenice gepackt und alles im Auto verstaut hatte, Selma half ihr dabei. Als es soweit war, blieb Berenice reglos am Steuer sitzen, Leonard ging auf das Auto zu und setzte sich neben sie auf den Beifahrersitz. Sie sah gefaßt aus, aber bleich und übernächtigt. Er suchte nach den richtigen Worten, doch sie kam ihm zuvor.

"Hast du dir das auch gut überlegt? Was wird mit deinem Job?"

"Mir wird schon was einfallen..."

Er drehte sich zu ihr um und faßte nach ihrer Hand, die sie ihm sanft entwand.

"Es tut mir leid, Berenice... aber ich kann einfach nicht anders..."

Sie wandte ihm ihr Gesicht zu, das offen und aufgewühlt war.

"Schon gut... vielleicht habe ich dich zu sehr bedrängt..."

"Keiner kann aus seiner Haut..."

Sie lächelte ihn traurig an und sah wieder nach vorne.

"Ja... jetzt sitzt jeder wieder in seinem eigenen Käfig..."

Leonard mußte an den Sonntag denken, an dem er sie im Park verletzt am Boden gefunden hatte, und es gab ihm einen kleinen Stich. Auch er schaute nach vorne durch die Windschutzscheibe.

"Fahr' vorsichtig und paß' auf dich auf..."

Berenice beugte sich rasch zu ihm herüber und küßte ihn flüchtig auf die Wange.

"Ich wünsche Dir alles Gute..."

Sie schaltete die Zündung ein und schob den Ganghebel auf *Drive*. Wie gelähmt öffnete Leonard die Tür und stieg aus, der Renault *Clio* rumpelte auf dem Feldweg davon und bog mit durchdrehenden Rädern auf die Landstraße ein. Selma, die alles aus dem Hintergrund beobachtet hatte, trat zu Leonard und hielt ihm den Autoschlüssel vom *Mito* hin.

"Hier, der Schlüssel für den *Mito*... und du hast Glück... bei den Mattioli ist noch ein Zimmer frei..."

"Danke..."

Leonard hörte nur mit halbem Ohr zu, er sah dem *Clio* nach, der längst verschwunden war, in seinen Augen schimmerten Tränen.

28

Leonard ließ sich Zeit mit seinem Umzug zum Weingut der Familie Mattioli. Auch wenn er ebenso wie Berenice den Schock ihrer Trennung erst verdauen mußte, fühlte er sich insgeheim befreit von dem Zwang, sich ihr gegenüber dauernd ein Erklärung für sein Verhalten auszudenken. Er fuhr eine Weile ziellos durch die Gegend und genoß dieses Gefühl des schwerelosen Schwebens, die trockene Hitze, die der Fahrtwind durchs offene Fenster auf sein Gesicht blies und die Last seiner Gedanken milderte. Jetzt war Samstag, er hatte sich vorgenommen, sich am Montag bei *A&A Consulting* zu melden und als Grund für sein Ausbleiben eine Blutvergiftung anzugeben. Dabei wußte er jetzt schon, daß er nie mehr dorthin zurückkehren würde, und es erschreckte ihn nicht, daß er keinen Plan B hatte.

Das Weingut der Mattioli war noch ausgedehnter als das von Selmas Familie, sein Zimmer mit Bad befand sich mit drei anderen im zweiten Stock eines ehemaligen Wirtschaftsgebäudes, der erste umfaßte drei größere Wohnungen, im Erdgeschoß befand sich der Gemeinschaftsraum, der auch der Speisesaal war. Für alle Gäste gab es nur Halbpension, Frühstück und Abendessen.

Leonard räumte seine wenigen Sachen ein und erkundete danach mit dem Auto seine neue Umgebung. Mitten in den sanften Hängen mit den *Primitivo*-Reben schien es ein zweites, umzäuntes Grundstück zu geben, auf dem eine andere Traubensorte wuchs. Ein verwittertes Gutshaus ragte daraus hervor und einige Nebengebäude, die nicht zum *Agriturismo* umgebaut worden waren. Auf einer der Terrassen erspähte Leonard den Umriß einer alten Dame, die unter einem Sonnenschirm ein Buch las.

Nach etwa einer Viertelstunde überquerte er auf einer morschen Holzbrücke ein murmelndes Gewässer, das zu schmal war, um als Fluß zu gelten, und als Bach zu breit, um mit einem Sprung ans andere Ufer zu setzen, und hielt an. Eine ganze Weile folgte er zu Fuß dem Lauf des Flüßchens, das sich in scharfen Windungen dem Meer zuschlängelte. Dort, wo sich das Wasser an Felsen staute oder an engen Biegungen, glaubte er, Fische hin- und herflitzen zu sehen.

Schon von der Straße aus hatte er die Olivenhaine entlang des Gewässers gesehen, die wie alle anderen, an denen er bislang vorbeigekommen war, massiv von dem Feuerbakterium *Xylella fastidiosa* befallen waren und einen traurigen Anblick boten. Teils mit schwerem Gerät mühten sich Männer damit ab, die verdorrten Stämme nicht nur zu fällen, sondern sie komplett zu entwurzeln. In der Ferne sah er bereits mit gesunden Pflanzen bepflanzte Flächen, doch es würde Jahre, wenn nicht Jahrzehnte dauern, bis sie den prachtvollen Stand der alten Bäume erreichten.

Am Abend begab er sich zum ersten Mal in den Gemeinschaftsraum und war dankbar für die neue Umgebung, die nichts von seinem persönlichen Drama ahnte. Er suchte sich einen Tisch nahe beim Eingang aus, damit er möglichst unauffällig verschwinden konnte, wenn ihm danach war, und besetzte einen Platz. Auch hier wieder Wasserkrüge und Weinflaschen, die für alle umsonst zur Verfügung standen. Er ging zu der üppig bestückten Theke und hatte die Qual der Wahl zwischen der überwältigenden Vielfalt an Vorspeisen, Pasta und Hauptgerichten.

Er war gerade dabei, sich *Vitello tonnato* mit gebratenen Zucchini, Tomaten und Auberginen auf seinen Teller zu häufen, als eine junge Frau mit einer Schüssel gebratener Hähnchenbrust herein kam und sie auf die leere Stelle der Theke legte, wo er gerade stand. Leonard sah auf und blickte in das Gesicht der Frau, die bei seinem Ausflug mit Berenice in die *Trattoria da Leonardo* in Maglie an den Tischen der Großfamilie die Kinder eingefangen hatte, die sich immer wieder von ihren Plätzen entfernt hatten und einander jagend durchs Lokal gerannt waren. Sie hatte ihre Haare zurückgebunden, sodaß ihr feines, ovales Gesicht mit den großen Augen noch besser zur Geltung kam. Auch sie blickte jetzt auf und sah Leonard direkt in die Augen. Er lächelte überrascht.

"*Buona Sera...*"

"*Buona sera...*"

Sie erwiderte sein Lächeln und ordnete die Hähnchenstücke in der Schüssel. Ihre Stimme war warm und dunkel.

"*E arrivato oggi... sta bene qui*?"

Leonard runzelte die Stirn, und die junge Frau begriff, daß er sie nicht verstand, und wechselte ins Englische.

"Sie sind neu hier... gefällt es Ihnen?"

"Ja, sehr..."

Mit ihrem Blick suchte sie rasch die Tische ab, dann ruhten ihre Augen wieder auf ihm.

"Ich glaube, ich habe Sie vorgestern in der *Trattoria da Leonardo* in Maglie gesehen..."

"Stimmt, es war fantastisch..."

Sie schien zu überlegen, wo seine attraktive Begleiterin geblieben war, die Frage stand in ihren Augen. Leonard war sich dessen bewußt, und sie wußte, daß er es erriet. Sie lächelten sich an, dann wischte sie ihre Hände an ihrer Schürze ab.

"*Allora*, dann wünsche ich Ihnen *buon' appetito...*"

"*Grazie...*"

Leonard nahm seinen Teller, obwohl er noch gar nicht ganz gefüllt war, und ging an seinen Platz zurück. Die junge Frau hatte mittlerweile ein Tablett mit leeren Schüsseln beladen und ging eilig in die Küche zurück. Er aß mechanisch, tauchte ein paar belanglose Worte mit seinen Tischnachbarn und ging nach einer Weile mit seinem Weinglas auf den Vorplatz, wo unter einem riesigen Kastanienbaum Bänke, Stühle und Tische aufgestellt waren, an denen vereinzelt Gäste saßen. Er suchte sich einen Sessel weitab von allen und sah in die menschenleere Landschaft hinaus. Die Sonne war längst untergegangen, doch es herrschte noch immer ein diffuses Zwielicht, eine Vollmondnacht kündigte sich an. Leonard trank sein Glas leer und wunderte sich über sich selbst. Wo war seine Disziplin geblieben, seine eiserne Selbstbeherrschung, seine wölfische Angriffslust? Statt seine Mitbewerber und Mitbewerberinnen bei *A&A Consulting* aufzumischen und im harten Berufsalltag eine Karrierestufe nach der anderen zu erklimmen, saß er hier, im äußersten Süden des italienischen Stiefels, und träumte davon, sich einfach aufzulösen und als milde Brise über das Land zu wehen. Berenice hätte das nie verstanden, er verstand sich ja selber nicht. Er dachte mit Wehmut an ihre Leidenschaftlichkeit, ihr offenes, unruhiges Herz, das wie er auf der Suche war, doch auf einem unterschiedlichen Pfad. Dennoch war die Zeit mit ihr nicht verloren, er verdankte ihr sogar, obwohl er sich heftig dagegen gewehrt hatte, den Sprung in seine früheste Kindheit, wo er endlich den Knoten gefunden hatte, der ihn seit seiner Geburt in Fesseln hielt.

In seinem Zimmer hörte Leonard noch ein wenig Musik, doch er konnte nicht schlafen. Er zog sich wieder an, stieg in seinen *Mito* und fuhr gemächlich durch die mondhelle Nacht. Es zog ihn zum Olivenhain, den er heute gesehen hatte, stellte den Motor ab und ging so lange weiter, bis er die Straße nicht mehr sah. Er legte sich rücklings flach auf die nackte Erde, verschränkte die Arme hinter dem Kopf und starrte hoch zum Firmament. Die Sterne glitzerten kalt wie Diamanten, der klar umrissene runde Mond sandte sein milchiges Licht auf die Erde hinab wie Röntgenstrahlen, die auch den hintersten Winkel zu durchdringen vermochten. Es war so still, daß es schmerzte, nicht einmal ein Tierlaut war zu hören. Die Olivenbäume reckten ihre verkrüppelten Äste in die Höhe, als bäten sie um Hilfe, doch der Himmel blieb stumm. Da erkannte Leonard, daß es auf all seine drängenden Fragen, die ihm durch den Kopf schossen, und seine heimlichen Wünsche keine Antwort gab, er war ganz allein, es gab nur die gnadenlose, unerbittliche Natur. Doch das Gefühl, das ihn erfüllte, war nicht vergleichbar mit dem des ohnmächtigen Verlassenseins, das er als Säugling empfunden hatte, die Einsicht, die in ihm hochstieg, drückte ihn nicht nieder und lähmte ihn nicht, im Gegenteil, sie gab ihm Kraft, er war noch jung, und er fühlte sich herausgefordert, in diesem Überlebenskampf zu bestehen, aber auf andere Weise als bisher.

Zurück in seinem Zimmer fand er endlich Ruhe. Er schlief tief und traumlos, so glaubte er zumindest, weil ihn nichts in seinem Frieden störte.

29

Leonard behielt seine Routine bei, frühmorgens machte er seine Übungen und lief anschließend eine knappe Stunde kreuz und quer durch die Weinberge bis zum Olivenhain mit den verdorrten Bäumen. Wenn er zurück kam und geduscht hatte, stand das Frühstück bereit, und er war immer noch einer der ersten. Danach fuhr er ans Meer und kehrte erst gegen Abend zurück.

Was seinen Job betraf, hatte er seine Strategie geändert, statt mit gefakten Krankmeldungen Zeit zu schinden, hatte er gleich gekündigt und seinen Anwalt mit der Abwicklung beauftragt. Auch sonst hatte er sich entschlossen, *tabula rasa* zu machen, er gab seinem Makler den Auftrag, seine Wohnung zu verkaufen, und für seinen *Maserati* hatte ihm die Garage ein faires Angebot gemacht. Sobald alles bis zur Unterschriftsreife gediehen war, wollte er für ein paar Tage zurück fliegen, um den Papierkram zu erledigen, danach würde er hier abwarten, bis sich für sein weiteres Leben etwas Konkretes ergab.

Seit seinem Umzug zu den Mattioli war er der jungen Frau beim Abendessen immer wieder begegnet, und er hatte den Eindruck gewonnen, daß sie ihn mit Interesse musterte. Sie war aber immer zu beschäftigt, als daß sich ein längeres Gespräch ergeben hätte. Diskret hatte er sich bei anderen Gästen erkundigt, wer sie war, und in Erfahrung gebracht, daß sie Rosanna hieß und die jüngere von zwei Töchtern der Mattioli war, Önologie studierte und noch drei Brüder hatte.

Am Abend nach einem besonders heißen Tag saß Leonard nach dem Essen wieder in einem Sessel unter der Kastanie bei seinem letzten Glas Wein, was ihm zu einer lieben Gewohnheit geworden war, und sah, wie Rosanna aus dem Speisesaal ins Freie trat, ihre Schürze über einen Stuhl hing, tief Atem schöpfte, sich reckte und reglos in die Ferne starrte, die Arme vor der Brust verschränkt. Wie magisch angezogen erhob er sich, stellte sein Glas ab und trat neben sie. Obwohl sie ihn kaum gehört haben konnte, zuckte sie nicht zusammen, ganz so, als hätte sie es sich gewünscht. Sie wandte sich lächelnd zu ihm um und sah wieder in die Ferne. Er spürte ihre Wärme, ihre dezente Ausdünstung, vermischt mit dem Duft wilder Kräuter, und auch wenn er unter höchster Anspannung stand, fühlte er nicht den geringsten Anflug von Verlegenheit. Diesmal fing er gleich mit Englisch an.

"Haben Sie Feierabend, oder wollen Sie sich nur kurz die Beine vertreten?"

Er konnte ihr Gesicht nicht genau erkennen, aber sie machte nicht den Eindruck, als ob er sie störte.

"Für heute ist Schluß... den Espresso bekommen sie von meiner Schwester..."

"Ich habe gehört, Sie studieren Önologie... ist das nicht lästig für Sie, jeden Abend Gäste zu bedienen?"

Sie wandte sich rasch nach ihm um, und diesmal lag eindeutig ein amüsierter Ausdruck auf ihrem Gesicht.

"Sie haben sich nach mir erkundigt?"

Leonard sah sie nur lächelnd an, und sie blickte wieder über die nächtliche Landschaft.

"Ohne den *Agriturismo* ginge es nicht... außerdem... ich mache das gern, das gehört zu meinem Leben..."

Eine Weile standen sie schweigend nebeneinander, dann ergriff Leonard wieder das Wort.

"Ich denke gerade über *mein* Leben nach..."

Erstaunt musterte Rosanna ihn von der Seite.

"Im Ernst? In Ihrem Alter? Gewundert habe ich mich schon ein bißchen, was Sie ganz allein hier treiben..."

"Ich lerne gerade, tief durchzuatmen..."

Sie warf ihm einen fragenden Blick zu, doch er zuckte bloß mit den Schultern.

"Auf dem Weg hierher habe ich die Olivenhaine gesehen mit den verdorrten Bäumen..."

Sie nickt ernst.

"Das ist eine echte Heimsuchung... und manche Bauern glauben nach all den Jahren immer noch an eine Verschwörung..."

"Gehören Ihrer Familie auch welche?"

"Ja, die ganz in der Nähe..."

"Das ist Schwerstarbeit, sie mit den Wurzeln aus dem Boden zu reißen... und deprimierend..."

"...und kostet einen Haufen Geld..."

Wieder standen sie schweigend nebeneinander, und Leonard kam plötzlich eine Idee.

"Was halten Sie davon, wenn ich mithelfe?"

Rosanna drehte sich überrascht zu ihm um.

"Sie wollen *arbeiten*? Wissen Sie, was das bedeutet? Acht Stunden bei dieser Hitze, und Sie sind erledigt..."

"Ich bin jung, ich halte das aus..."

Sie seufzte und sah wieder in die Ferne.

"Selbst wenn wir das zulassen würden, wir können Sie nicht bezahlen..."

"Ich brauche kein Geld, ich brauche eine Beschäftigung, und zwar eine richtige..."

Rosanna drehte sich ganz zu ihm herum, sah ihm mit einem Lächeln zwischen Unglauben und Bewunderung in die Augen und zupfte mit Daumen und Zeigefinger an seinem umgeschlagenen, offenen Hemd.

"*Madonna, Leonardo... lo dici sul serio*?"

Sie kannte seinen Namen und war schon beim Du, soviel Italienisch verstand auch Leonard. Er trat näher an sie heran und hielt ihre Hand fest.

"Du hast dich also auch nach *mir* erkundigt..."

Rosannas Lächeln verstärkte sich, dann löste sie ihre Hand sanft aus seiner.

"Morgens um halb sieben fahren sie immer von hier weg... sei pünktlich..."

Sie nahm ihre Schürze vom Stuhl und war in der Dunkelheit verschwunden. Leonard atmete tief durch, ihm war nicht bewußt, daß er dümmlich grinste.

30

Als Frühaufsteher fiel es Leonard nicht schwer, Wort zu halten. Sie hatten ihm Arbeitskleidung, eine Mütze und entsprechende Schuhe gegeben, und schon sah er aus wie einer von ihnen. Geduldig wartete er, bis auch der letzte auf dem Gutshof angekommen war, mit dem Fahrrad, dem Moped oder dem Auto, dann stiegen sie alle auf den Laster. Auf der Fahrt zum Olivenhain musterten ihn die Männer unauffällig, jedoch nicht feindselig. Dort angekommen, wurden die Maschinen gestartet, und jeder nahm seinen Platz ein. Leonards Aufgabe bestand darin, dafür zu sorgen, daß die dicken Wurzeln möglichst nicht abrissen, wenn der Stamm mithilfe eines Raupenfahrzeugs Zentimeter um Zentimeter aus dem Boden gezogen wurde. Danach mußten mit Pickeln und Schaufeln auch die letzten Reste des verzweigten Wurzelwerks entfernt werden, damit die Bakterien nicht überlebten. Er stellte sich sehr geschickt an, und schon bald mußte ihm niemand mehr sagen, was zu tun sei.

Langsam, aber stetig arbeitete sich die Gruppe in der zunehmenden Hitze voran, schon bald war Mittag, und alle eilten in das große Zelt, das extra für die Arbeiter dort aufgebaut worden war. Ein Fahrzeug vom Weingut brachte Essen, kühles Wasser, eine Kanne mit heißem, süßen *Espresso* und für alle, die mochten, auch eine Flasche Wein. Rosanna hatte es sich nicht nehmen lassen, die jungen Helfer zu begleiten, zusammen mit ihnen verteilte sie Teller, Gläser, Brot und die vollen Töpfe auf den Tischen und hatte für jeden ein freundliches oder scherzhaftes Wort. Schließlich ließ sie sich Leonard gegenüber nieder.

"*Leonardo*! Was für ein Anblick! Man könnte glauben, du bist schon ewig dabei..."

Einige der Einheimischen sahen kurz herüber. Auch wenn sie bei der Arbeit keine Fragen gestellt hatten, rätselten sie bestimmt, was dieser Fremde, um den sich die Gutsbesitzertochter so rührend bemühte, hier bei ihnen wollte. Rosanna selbst schien dies nicht zu kümmern, völlig unbefangen hatte sie sich zu ihm gesetzt. Leonard füllte sein Wasserglas.

"Ich bin selber überrascht, wie leicht es mir fällt..."

"Hör' mal, du mußt dich nicht zwingen, du kannst jederzeit aufhören... wann immer du willst..."

In einem Zug stürzte er das Wasser hinunter.

"Ein paar Tage mache ich das noch..."

Rosanna legte ihm flüchtig eine Hand auf den Arm.

"Dann genieß' dein Essen..."

Sie stand rasch auf und griff nach einem leeren Korb.

"*Buon' appetito...*"

Die Männer hatten inzwischen ihre Teller gefüllt, es gab *Cannelloni* mit Fleischfüllung und Fenchelgemüse. Sie begannen zu essen und nahmen sich Zeit. Die jungen Helfer unterhielten sich, inspizierten das Zelt, besserten Risse aus oder setzten sich zu den Leuten an die Tische, sie kannten sich alle untereinander. Nach der Mahlzeit hielten die meisten eine kurze Siesta, dann klatschte der Vorarbeiter in die Hände, und es ging zurück in den Olivenhain. Rosanna winkte Leonard fröhlich zu, als er wieder in die grelle Sonne trat, sammelte mit den anderen das gebrauchte Geschirr und die leeren Töpfe ein, sie wischten die Tische sauber und fuhren wieder nach Hause.

Der Nachmittag wurde lang, aber sie übertrieben es nicht mit dem Arbeitstempo, Leonard hielt gut mit. Um sechs war Schluß, und die ganze Mannschaft nahm wieder auf dem Laster Platz, der sie zum Weingut zurück brachte. Dieser ganze Ablauf wiederholte sich wie ein Ritual, die Tage ließen sich kaum voneinander unterscheiden. Es blieb bei dem einen Mal, daß Rosanna mit den anderen das Essen zum Olivenhain brachte, doch abends suchte sie immer wieder Leonards Nähe, und auch wenn sie keine tiefschürfenden Gespräche führten, spürten beide eine Verbundenheit wachsen, als würden sie sich schon ewig kennen. Nach wie vor unterhielten sie sich vorwiegend auf Englisch, doch Rosanna brachte ihm immer mehr Wörter bei, oft wiederholte sie das, was sie eben gesagt hatte, auf Italienisch, um ihn an die Sprachmelodie zu gewöhnen. Leonard ließ sich gerne von ihrem Singsang einlullen, und er stellte sich vor, was wohl sein leiblicher Vater sagen würde, wenn er ihn in seiner Muttersprache sprechen hörte.

Am Freitag saßen sie nach dem Abendessen wieder draußen unter der Kastanie und genossen die friedvolle Nacht. Leonard wandte langsam den Kopf.

"Ich wollte dich etwas fragen... aber du wirst mich bestimmt auslachen..."

"*Ma perché? Parli...*"

"Neben eurem Olivenhain fließt ein kleines Gewässer, und ich habe Fische darin gesehen... dort würde ich gerne mal angeln..."

Rosanna belebte sich augenblicklich.

"Warum sollte ich lachen? Jeder hier, der Zeit hat, geht zum Fischen..."

"Na ja, aber ich bin doch ein absoluter Laie... und ich habe keine Angelrute..."

Rosanna sah ihn überrascht an, als habe er etwas Unpassendes gesagt oder sie um etwas Unziemliches gebeten. So kam es ihm jedenfalls vor, und daß sie die Stimme senkte und langsam und deutlich sprach, beinahe verschwörerisch, schien diesen Eindruck nur zu bestätigen.

"Ich weiß, wo du hin mußt... in Maglie gibt's einen Laden, *Attrezzi per la pesca*, ganz in der Nähe der Trattoria, wo wir essen waren..."

Er hatte etwas anderes erwartet, und sie fuhr fort.

"Der Inhaber ist immer nur Samstag vormittag im Laden, sonst muß man ihn holen lassen... warum fährst du nicht gleich morgen früh hin?"

"Gute Idee..."

Rosanna lehnte sich zurück, lächelte auf einmal versonnen, nahm seine Hand und behielt sie auf ihrem Schoß. Erstaunt sah Leonard zu ihr hinüber.

"Was sagt deine Familie, wenn du dauernd mit mir zusammen bist?"

"Die haben dich längst gegoogelt... wer kann schon etwas sagen gegen einen erfolgreichen Unternehmensberater, der auch noch einen *Maserati* fährt..."

"Woher wissen sie das?"

"Irgendein Klatschblatt hat dich wohl abgelichtet..."

Leonard schüttelte den Kopf. Wenn die wüßten, dachte er, aber er sagte nichts. Seine Hand in ihrer Hand, beugte er sich zu ihr hinüber und küßte sie unvermittelt auf den Mund. Bereitwillig und hingebungsvoll erwiderte sie seinen Kuß, als hätte sie darauf gewartet. Noch fehlte die Leidenschaft, doch nicht mehr lange, und der Funke, der längst entzündet war, sprang über.

31

In Maglie schienen alle das Geschäft mit dem Fischerei-
bedarf zu kennen, denn jeder, den Leonard nach dem Weg
fragte, amüsierte sich darüber, daß er es nicht kannte. Das
Attrezzi per la pesca entpuppte sich denn auch überraschend eher als Museum, ein einziger großer, hoher
Raum, die Wände rundum als dramatisches Meerespan-
orama bemalt, Fischernetze hingen von der Decke, Reu-
sen und Harpunen hingen an Haken, der abgeschnittene
Bug einer Barke, die offenbar einem legendären Sturm
getrotzt hatte, wie auf einer Tafel zu lesen war, nahm eine
ganze Ecke ein, daneben hatte man den uralten Schiffs-
motor, der dazugehörte, aufgebockt.

Der Besitzer, ein kräftiger, mittelgroßer Mann Mitte
fünfzig, der schon leicht ergraute, saß hinten im Laden,
hatte eine Angelrute in einen Schraubstock eingespannt
und reparierte die Kurbel für die Angelschnur. Leonard
trat an die Theke und suchte nach den Worten, die er mit
Rosanna auswendig gelernt hatte.

"*Buon giorno, I sto cercando una canna da pesca...*"

Der Mann legte sein Werkzeug hin, stand auf und kam
lächelnd an die Theke.

"Das haben Sie schön gesagt... aber Sie können ruhig
Deutsch sprechen, ich habe lange in Ihrem Land gelebt..."

Er sprach fließend und moduliert, mit einem angeneh-
men Akzent. Leonard entspannte sich und lachte

"Gottseidank, das war das einzige, was ich konnte..."

Mit auffälligem Wohlgefallen betrachtete der Ladeninhaber den jungen Fremden.

"Sie brauchen also eine Angelrute... wo wollen Sie denn fischen?"

"Ich habe ein Zimmer auf dem Weingut der Mattioli... an ihrem Olivenhain entlang fließt ein Bach..."

"Ahhh... *Il Serpentello*... da gibt's herrliche Forellen..."

Der Ladeninhaber ging nach hinten zu einem Holzgestell mit den unterschiedlichsten Ruten.

"Kommen Sie, wählen Sie eine aus..."

Leonard folgte ihm und zuckte hilflos mit den Schultern.

"Ehrlich gesagt, mache ich das zum ersten Mal..."

Der Mann lachte unbefangen.

"Kein Problem, dann helfe ich Ihnen..."

Er beugte sich vor und griff suchend nach einer geeigneten Rute. Leonard sah ihm neugierig über die Schulter, am Hinterkopf des Mannes vorbei, und auf einmal war ihm, als würde er von einer Zeitblase eingesaugt und um drei Jahrzehnte zurückgeworfen. Hinter dessen linkem Ohr erkannte er denselben nicht zu bändigenden Haarkringel, den er jeden Tag beim Blick in den Spiegel an sich selbst wahrnahm. Der Mann schien seinen durchdringenden Blick zu spüren, richtete sich langsam auf und sah ihm ruhig in die Augen.

"Rosanna hat mir gesagt, wer du bist, und daß du heute kommen würdest..."

Wie ein Sonnenstrahl, der sich durch dicke Wolken tastet, drang die Bedeutung dessen, was er eben gesehen hatte, allmählich zu Leonard durch.

"Rosanna...?"

Der Mann deutete auf den Haarkringel an seinem Kopf, den Leonard eben bemerkt hatte.

"Rosanna hat den Haarkringel bei uns beiden gesehen und mich angerufen..."

"Dann sind Sie...?"

"Ich heiße Leonardo Ottaviano, mir gehört auch die *Trattoria da Leonardo*... und ich bin offenbar dein Vater..."

Leonard sah jetzt auch die Ähnlichkeit im Gesicht, und ohne sich dessen bewußt zu sein, flog diesem ruhigen, vitalen Mann bereits seine Sympathie entgegen. Leonardo faßte seinen Sohn an beiden Armen und sah ihm freudig in die Augen.

"*Leonardo, figlio mio...*"

Eine Weile verharrten sie so, dann wandte sich Leonardo ab, packte zwei Angelruten, die neben dem Gestell gegen die Wand lehnten, und hob eine Box mit Ködern hoch.

"Was hältst du davon, wenn wir zum *Serpentello* fahren?"

"Ja, das machen wir, und wir nehmen mein Auto... ich fahre dich nachher zurück..."

"*D'accordo...*"

Unterwegs erzählte er Leonard, wie er dessen Mutter kennengelernt hatte, daß er in deren Heimatstadt gekommen war, um dort zu arbeiten, daß das nicht geklappt hatte und er später bei einer anderen Familie in einer anderen Stadt gewohnt und jahrelang in einer Autofabrik geschuftet habe. Das ganze Geld hatte er nach Hause geschickt und die Trattoria gerettet, die damals unrentabel war.

Die Liebesgeschichte mit Leonards Mutter war ein echter *coup de foudre* gewesen, beide jung und unvernünftig. Leonardo schwor, daß er keine Ahnung hatte, daß sie mit Leonard schwanger war, er hätte sie bestimmt nicht im Stich gelassen. Es rührte ihn sehr, daß sie ihren Sohn trotzdem nach ihm benannt hatte. Leonard glaubte seinem Vater, es stimmte mit dem überein, was ihm seine Mutter erzählt hatte, jedoch verschwieg er ihm, wie es wirklich um sie stand, berichtete aber von seiner Adoption durch die Lansings.

Am *Serpentello* stellte Leonardo die Angelruten auf, zeigte seinem Sohn, wie man damit umging und welche Köder man benützte, dann saßen sie am Ufer des Flüßchens, warteten darauf, daß ein Fisch anbiß, und versuchten sich an ihre neu entdeckte, enge Verwandtschaft zu gewöhnen. Leonard beobachtete angestrengt die umherflitzenden Fische.

"Bekommst du nicht Probleme mit deiner Familie, weil da auf einmal ein verlorener Sohn auftaucht?"

Leonardo zuckte mit den Schultern und lächelte verschmitzt.

"Das wissen längst alle... doch wir reden nicht darüber und leben einfach weiter..."

Leonardo wickelte etwas Schnur an seiner Rute auf.

"Was ist mit dir? Wann fährst du wieder zurück?"

"Ich habe gekündigt... ich will hier unten bleiben..."

Leonardo sah ihn rasch von der Seite an.

"Weiß das Rosanna?"

"Ich werde es ihr sagen... ich würde gerne mit ihr etwas aufbauen... falls sie nicht nur mit mir spielt..."

Leonardo schüttelte ernst den Kopf.

"Rosanna spielt nicht mit dir, und sie ist von allen die Klügste... meinen Segen hast du, falls dir etwas daran liegt..."

"Was wird ihre Familie sagen?"

"Familie ist wichtig... bring etwas Geld mit, streng' dich an und lern' unsere Sprache... zur Hälfte bist du ja schon einer von uns..."

"Es scheint, als sei alles für mich vorbereitet..."

Leonardo brach in sein unbeschwertes Lachen aus.

"*Si, è tutto fatto...*"

Am Schluß hatte Leonardo zwei Forellen gefangen, die er seinem Sohn überließ, damit er Eindruck machte auf Rosanna. Leonard fuhr ihn nach Maglie zurück, dann stand er etwas ratlos vor seinem Vater.

"Wie sehen wir uns wieder?"

"Na, wir gehen angeln... da kann keiner was sagen, wenn wir uns zufällig treffen..."

Sie umarmten sich, dann fuhr Leonard zurück aufs Weingut. Er fühlte sich, als sei er aus einem Kellerloch in eine große, helle Wohnung umgezogen. Er suchte Rosanna, doch sie war nach Lecce gefahren, um irgendetwas zu besorgen, sie würden sich erst am Abend sehen.

In seinem Zimmer checkte Leonard seine Nachrichten. Eine war von Mia, die andere von Berenice. Er klickte erst auf die von Mia. <*Hallo Leonard! Habe von Deiner Kündigung gehört, vermisse Dich jetzt schon! Ich darf zum ersten Mal ein Team leiten, und das ohne vorherige Verdunkelung von A.s Büro...Mia.*> Mit leichtem Herzklopfen öffnete er die die von Berenice. *<Lieber Leonard, ich hoffe, es geht dir gut. Die Zeit mit Dir möchte ich nicht missen, ich denke, jede Erfahrung ist für etwas gut. Meine Anstellung als Lehrerin habe ich gekündigt, ich werde das Journalismus-Studium wieder aufnehmen. Ganz herzlich, Berenice.>* Leonard war froh, daß ihre Trennung ohne großes Drama vonstatten gegangen war, doch dieser nüchterne Ton kratzte etwas an seinem Ego, doch die Euphorie, seinen leiblichen Vater gefunden zu haben, mit dem er sich auch noch gut vertrug, schwemmte den kleinen Wermutstropfen schnell hinweg.

32

Sonntag vormittag unternahmen Leonard und Rosanna einen ausgedehnten Spaziergang quer durch die Reben. Am Abend davor hatten sie sich kurz getroffen, da Rosanna furchtbar neugierig gewesen war auf den Ausgang des Treffens zwischen Vater und Sohn, vorausgesetzt, sie hatte sich nicht getäuscht mit der Übereinstimmung ihrer markanten Haartollen hinter dem linken Ohr. Leonard war noch zu aufgewühlt, um viel zu erzählen, er bestätigte lediglich, daß sie richtig geraten hatte. Er übergab ihr die beiden Forellen, die angeblich er geangelt hatte, die sie augenzwinkernd entgegen nahm, und sie verabredeten sich für den nächsten Tag.

Hand in Hand gingen sie die schmalen Wege entlang, und Rosanna war noch immer ganz aufgekratzt, weil sie mit ihrer Vermutung rechtbehalten hatte.

"Wie geht es dir, seit du plötzlich deinen Vater kennst?"

"Na ja, ich hatte ja Glück mit meinen Zieheltern, sie gaben mir alles, was ich brauchte... dennoch kam ich mir vor wie im Exil..."

Er ließ rasch ihre Hand los und stupste sie sanft in die Seite.

"Vielen Dank übrigens, daß du mich verkuppelt hast..."

Sie lachte und legte ihren Arm um ihn.

"Sei froh, daß du kein Mutterkind bist... sonst würdest du die Fremdheit nur schwer überwinden..."

Leonard nickte, er wurde ernst.

"Ich staune selbst, wie nah ich mich ihm fühle... er wirkt so abgeklärt, er sagte kein einziges falsches Wort..."

"Er wird sehr respektiert... man munkelt, er werde der nächste Bürgermeister von Maglie..."

"...und er schätzt dich sehr..."

Rosanna sah Leonard fragend an, doch er lächelte nur vielsagend. Sie waren an der umzäunten Gemarkung angekommen, die mitten im Weingut der Mattioli lag, und Leonard deutete auf das Gutshaus.

"Was ist eigentlich damit? Wer sind die Besitzer?"

"Das gehört der Familie Sfortunato... doch als der gegenwärtige Besitzer überraschend starb, wollten die beiden Töchter und die Schwiegersöhne mit Landwirtschaft nichts zu tun haben..."

"Wäre das nicht etwas für euch?"

Rosanna schüttelte den Kopf und seufzte.

"Wir haben seit Jahrzehnten das Land drumherum aufgekauft, und als wir ein Angebot machten, ging es mit den kranken Olivenbäumen los..."

"Mir scheint, ich habe neulich eine alte Dame mit einem Buch in der Hand auf einem der Balkone sitzen sehen..."

"Donatella Sfortunato... sie wohnt ganz allein hier... sie hat versprochen, daß wir den Zuschlag bekommen, und harrt aus, bis wir das Geld haben... die Landwirtschaft ist nur verpachtet... Tischtrauben, das wäre ein Riesengeschäft für die Region..."

"Wie viel fehlt euch?"

Rosanna senkte den Kopf.

"Eine halbe Million..."

Sinnend sah Leonard nochmal zum Gutshaus hinüber, dann setzte er sich auf die Erde, zog Rosanna mit sich herunter, griff nach seinem Smartphone, scrollte lange hin und her und hielt ihr schließlich das Display hin. Man sah eine Tabelle mit lauter Zahlen, die Eurobeträge darstellten. Am Ende summierte sich das ganze auf eine gute Dreiviertelmillion. Rosanna sah ihn stirnrunzelnd an.

"*Ma che cos'è questo*... was zeigst du mir da?"

"Das ist alles, was ich habe, mein ganzer Besitz... meine Wohnung, mein Auto, meine Abfindung, meine Aktien..."

"Und was soll das bedeuten?"

"Daß ich hier unten bleibe... es ist alles verkauft..."

Rosanna stierte auf die Tabelle, dann starrte sie Leonard ungläubig an.

"Aber, *Leonardo*... das kannst du doch nicht tun..."

"Ich habe es getan, bevor ich dich und meinen leiblichen Vater kennenlernte..."

Sie sah ihm besorgt, beinahe bestürzt in die Augen.

"Du gibst dein ganzes Leben auf..."

Lächelnd legte er einen Arm um sie.

"Ich habe längst ein neues gefunden... und jetzt ergibt auch alles einen Sinn..."

Sanft zog er sie mit sich hoch und legte ihr seine Hände auf die Schultern.

"Rosanna, ich möchte mit dir zusammen sein und mit dir gemeinsam etwas auf die Beine stellen..."

Übermut blitzte in ihren Augen auf.

"*Leonardo... mi vuoi comprare?*"

"Da wir in Italien sind, schlimmer noch, in Apulien, heiraten wir... nur wenn deine Familie nicht will, kauf' ich dich eben..."

Ihre großen Augen waren unbeweglich auf ihn gerichtet, dann schlang sie ihre Arme um ihn und küßte ihn heftig. Als sie sich voneinander lösten, mußten sie sich am Zaun festhalten, um nicht zu taumeln. Leonard zeigte nochmal auf das Gutshaus hinter ihnen und fuhr fort zu reden, als beendete er einen Vortrag, der nur kurz unterbrochen worden war. Allerdings klang seine Stimme etwas teigig, wie nach einer großen Anstrengung.

"Ich beteilige mich am Grundstückskauf, wir lassen dieses Haus renovieren, wir wohnen hier, und alles bleibt in der Familie..."

Rosanna, gegen das Gitter gelehnt, hob eine Hand.

"*Smettila, Leonardo...* ich komme nicht mehr mit..."

Leonard löste sich vom Zaun, kam auf sie zu und nahm sie in seine Arme.

"Das brauchst du auch nicht... du mußt mich jetzt nur bei deiner Familie unterstützen..."

Engumschlungen traten sie den Rückweg an, und es war verwunderlich, daß sie mit ihrem Schlingerkurs nicht irgendwo am Boden zwischen den Reben landeten.

Nach dem Kirchgang und einem ausgiebigen Mittagessen, an dem die ganze Familie teilnahm, Großeltern, Eltern und sämtliche Geschwister, stand Leonard auf, Rosanna an seiner Seite, und hielt eine kurze Ansprache. Im wesentlichen wiederholte er das, was er schon zu Rosanna gesagt hatte, aber diesmal auf Italienisch und noch ohne das Angebot seiner finanziellen Beteiligung am Kauf des Grundstücks der Sfortunato. Sie hatte seine Worte in ihre Sprache übersetzt, und Leonard hatte sie auswendig gelernt, zur Sicherheit hielt er einen Spickzettel in der Hand. Er drehte natürlich die Reihenfolge um, er begann damit, daß er sich unsterblich in Rosanna verliebt habe und mit ihr gemeinsam hier in Apulien eine Existenz aufbauen wolle, und bat um den Segen der Familie.

Gelassen, mit undurchdringlichen Gesichtern und dem sicheren Instinkt von Bauern auf dem Viehmarkt hörten sie ihn an, es entstand eine Stille, die weder feindselig noch zustimmend war und doch ein gewisses Wohlwollen ausdrückte, denn sie hatten alle mitbekommen, wie engagiert und selbstlos er im Olivenhain mit angepackt hatte.

Stefano erhob sich, der älteste Sohn, der bereits verheiratet war und mit seiner Familie auf dem Gut wohnte. Er sprach fließend in einem holprigen Englisch, das die Familienmitglieder, die der Sprache mächtig waren, den anderen flüsternd übersetzten.

"Lieber *Leonardo*, es ehrt uns sehr, daß du als junger, erfolgreicher Unternehmer um die Hand unserer geliebten Rosanna anhältst, mit der du dir, so vermuten wir, bereits einig bist..."

Zustimmung erheischend sah er sich um.

"...aber woher wissen wir, ob du es wirklich ernst meinst, daß du begriffen hast, was das Leben hier unten im Süden bedeutet? Es ist ein hartes Leben, fernab von den Verlockungen einer Großstadt, und sei dir bewußt, daß du nur noch einer unter vielen sein wirst. Das Land, das Weingut, die Oliven – das alles steht an erster Stelle, dafür setzen wir uns alle mit unserer ganzen Kraft ein..."

Stefano nahm würdevoll Platz, beifälliges Gemurmel setzte ein. Leonard blickte kurz Rosanna an, beide hatten im Stehen zugehört, beide locker einen Arm um die Taille des anderen gelegt, dann nickte er in die Runde und antwortete ebenfalls auf Englisch. Auch seine Worte wurden denen, die nichts verstanden, leise übersetzt.

"Ich verstehe vollkommen, was du eben vorgebracht hast, Stefano, und ich gebe dir in allem recht. Ich bin aber nicht irgend jemand, der aus dem Norden kommt, sich in die erstbeste Frau verliebt und von einem romantischen Leben träumt. Ich wollte schon vorher mit meinem alten Leben abschließen, und als ich hier unten auf Rosanna traf und völlig überraschend meinen leiblichen Vater fand, den ihr alle kennt, da war mir mit einem Schlag klar, wie mein neues Leben aussehen würde..."

Leonard blickte um sich und sah alle Gesichter in gespannter Erwartung auf sich gerichtet.

"...und noch etwas, das ihr wissen sollt: Ich habe bereits alle meine Zelte abgebrochen, und mit dem Erlös möchte ich mich am Kauf des Grundstücks der Sfortunato beteiligen, so würde alles in der Familie bleiben..."

Aufgeregtes Getuschel, nachdem auch sein letzter Satz auf Italienisch weitergegeben worden war, dann erhob sich Rosannas Vater, ein bescheidener, rechtschaffener Mann, der klug genug war, von jedermann einen Rat anzunehmen, sofern er etwas taugte. Er hielt große Stücke auf seine Tochter, die als einzige studierte.

"Caro Leonardo, noi siamo gente semplice. Se tu e mia figlia Rosanna siete d'accordo, la nostra casa sarà tua casa..."

Beifall brandete auf, alle klatschten in die Hände wie im Theater. Rosanna flüsterte Leonard die Übersetzung ins Ohr, die er auch so verstanden hätte, weniger von den einzelnen Wörtern her, als vielmehr durch den Gesichtsausdruck ihres Vaters. Er hatte einen Kloß im Hals, und er brachte nur noch ein Wort heraus.

"*Grazie...*"

Lärmend und wild durcheinander redend erhoben sich die Familienmitglieder und gingen rasch hinaus, die Männer klopften Leonard auf die Schulter oder lachten ihm zu, die Frauen sprachen aufgeregt auf Rosanna ein, schließlich waren sie allein. Leonard nahm Rosanna fest in die Arme.

"Jetzt gilt's, jetzt es gibt kein Zurück mehr..."

Wieder blitzte der Schalk in ihren Augen auf.

"*E allora?* Wenn alle es so wollen..."

Sie sahen sich tief in die Augen und versanken in einem langen Kuß.

33

Als seine Angelegenheiten unterschriftsreif waren, flog Leonard in seine Heimatstadt, die er wohl so bald nicht mehr wiedersehen würde, und setzte seine Signatur unter sämtliche Papiere. Seltsam, wie wenig es ihn berührte, in seiner alten Wohnung zu sein, wie wenig es ihm ausmachte, seinen *Maserati* beim Autohändler mit einem Preisschild an der Windschutzscheibe stehen zu sehen. Er überwies den Betrag, mit dem er sich am Kauf des Landguts der Sfortunato beteiligen wollte, auf ein Konto, das ihm Rosanna angegeben hatte. Bei *A&A Consulting*, seinem alten Arbeitgeber, wollte er sich zuerst persönlich verabschieden, entschloß sich dann aber, Akerman, der sich überraschend kulant gezeigt hatte, nur einen Dankesbrief zu schreiben. Stattdessen besuchte er seine Zieheltern und ein letztes Mal seine Mutter, die jetzt wieder in ihrer alten Wohnung lebte.

Friedrich und Charlotte freuten sich sehr, ihn zu sehen, auch wenn es für sie, aber besonders für Charlotte, äußerst traurig war, daß er in eine Welt entschwand, mit der sie nichts verband, als hätte er nicht fast zwanzig Jahre unter ihrem Dach und ihrem Einfluß verbracht.

Seine Mutter sah nicht mehr ganz so verhärmt aus wie damals, als sie in die Psychiatrie eingeliefert wurde, doch von ihrer alten Vitalität war nichts mehr übrig, möglicherweise stand sie jetzt permanent unter Tabletteneinfluß. Immerhin arbeitete sie und konnte für sich selber sorgen, und es bedeutete eine späte und stille Genugtuung für sie, daß Leonard seinen leiblichen Vater gefunden hatte, ihre große Liebe, und ihn auch noch sympathisch fand, auch wenn sie selbst nichts davon hatte und weiter ihrem verpfuschten Leben verhaftet blieb.

Nach seiner Rückkehr auf das Weingut der Mattioli ging alles sehr schnell. Kaum war die Zahlung für ihren Besitz auf dem Konto der Familie eingetroffen, wurde Signora Donatella Sfortunato mit ihren wenigen Habseligkeiten von einer ihrer Töchter abgeholt und nach Lecce verfrachtet, wo der Schwiegersohn ein luxuriöses Autohaus betrieb.

Ein Handwerkstrupp rückte an, der das Haupthaus der Sfortunato bis zum Winter vollständig renovieren sollte, und Rosanna hatte ein riesiges Bett, weitere Möbelstücke und Küchenutensilien hinüber schicken lassen, damit sich Leonard dort schon mal bequem einrichten konnte und nicht mehr auf das winzige Zimmer in dem Gebäude für *Agriturismo* angewiesen war.

Am nächsten Abend kam sie herüber, bereitete *Ciceri e Tria* zu, und sie fühlten sich beide schon ganz wie zu Hause.

"Und? Wie war's? Keinerlei Reue- oder Wehmutsgefühle?"

Leonard nahm einen Schluck von dem *Primitivo* für besondere Anlässe. Samtig, rund, mit einem Duft nach dem *Terroir*, auf dem die Trauben wuchsen.

"Nein... gar nicht... das hat einen Grund, den werde ich dir später mal erklären..."

Rosanna musterte ihn aufmerksam, und da sie sah, daß nichts seinen offenen Blick trübte, hakte sie nicht weiter nach.

"*D'accordo*... es gibt so vieles, das wir uns erzählen können..."

Ohne Hast beendeten sie ihr einfaches Mahl, und als es dunkel wurde, bereiteten sie sich wie selbstverständlich auf ihre erste gemeinsame Nacht vor. Zum ersten Mal lagen sie zusammen nackt im Bett, und eng umschlungen, sich küßend und streichelnd, begannen sie sich gegenseitig zu erkunden. Der Herbst kündigte sich an, tagsüber mühte sich die Sonne noch um sommerliche Temperaturen, doch abends spürte man bereits die erste Feuchtigkeit. Die Unendlichkeit des nächtlichen Himmels, der Geruch nach Erde und überreifen Trauben, die Energie unzähliger Generationen, die in diesen alten Mauern gespeichert war, all das verstärkte ihre aufsteigende Erregung bis zum Zerreißen. Es war nicht sengendes Begehren, das sie antrieb und nach schneller Befriedigung gierte, es war eher so etwas wie ein gußeiserner Ofen, der sie aufheizte, dessen Glut selbst dann noch Hitze abstrahlte, wenn die Flammen die Holzscheite längst aufgezehrt hatten. Sie waren noch nicht satt, als sie sich endlich auf den Rücken rollten, die Augen schlossen und Hand in Hand in Schlaf versanken, doch sie wußten, daß dieselbe Frucht, von der sie gekostet hatten, morgen wie von Zauberhand unversehrt wieder am Baum hängen würde.

Leonard schlief traumlos bis zum Morgengrauen, dann fand er sich plötzlich an seinem alten Arbeitsplatz im Großbüro von A&A Consulting *wieder und suchte verzweifelt nach einem Link, den er dringend für einen Auftrag brauchte. Aus den Augenwinkeln beobachtete er, wie sich seine Kolleginnen und Kollegen langsam von ihren Plätzen erhoben, an seinen Käfig traten, mit den Händen die Augen beschatteten und aufmerksam zusahen, was er da trieb. In Panik klickte er immer wilder nach dem richtigen Link und stieß nur noch auf Gesichter von Menschen, die ihm eine lange Nase drehten, die Zunge herausstreckten und ihn verhöhnten, denn auf einmal saß er am Küchentisch im Gutshaus der Sfortunato, mit einer Lupe in der Hand, und sortierte Trauben.*

Leonard schreckte aus seinem Traum hoch und sah, wie durch die Fensterläden die erste Helligkeit des Morgens hereindrang. Neben ihm, halb abgedeckt, ihrer selbst gewiß, lag Rosanna zusammengerollt wie eine Katze und schlief tief und fest. Leonard ließ sich behutsam wieder auf den Rücken sinken und schlang einen Arm um ihre Hüfte. Sie rückte sich reflexartig zurecht und öffnete ein Auge.

"Leonardo?!"

Sogleich sank sie zurück in ihren gesegneten Schlaf, und ihm war, als sei er an eine Kraftquelle angeschlossen, die nie versiegte, und für alle Zeiten vor den Widrigkeiten des Lebens geschützt.

FSC
www.fsc.org
MIX
Papier | Fördert
gute Waldnutzung
FSC® C083411

Zeitfracht Medien GmbH
Ferdinand-Jühlke-Straße 7
99095 Erfurt, Deutschland
produktsicherheit@kolibri360.de